U0093238

目次 Contents

honzuki no gekokujou
shisho ni narutameniha
shudan wo erandeiraremasen

《第三部　領主的養女III》卷首彩頁

《第三部　領主的養女Ⅳ》卷首彩頁

《第三部　領主的養女V》卷首彩頁

《第四部　貴族院的自稱圖書委員Ⅰ》卷首彩頁

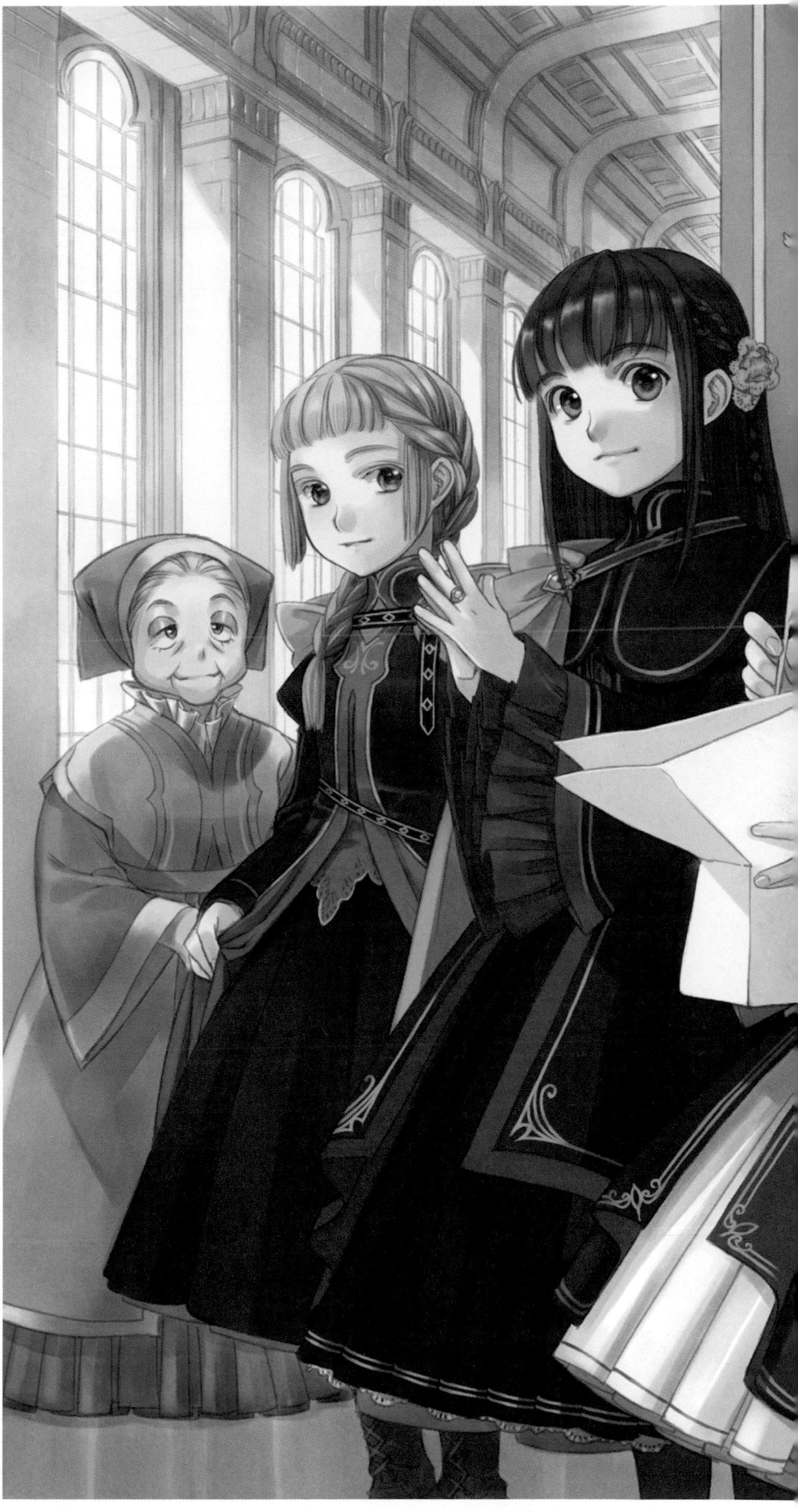

《第四部　貴族院的自稱圖書委員Ⅱ》卷首彩頁

《第四部　貴族院的自稱圖書委員III》卷首彩頁

《外傳　貴族院一年級生》卷首彩頁

《第三部　領主的養女 III》封面

《第三部　領主的養女III》封面

《第三部　領主的養女IV》封面

《第三部　領主的養女Ⅴ》封面

《第四部　貴族院的自稱圖書委員 I》封面

《第四部　貴族院的自稱圖書委員III》封面

《第四部　貴族院的自稱圖書委員III》封面

《第四部〈貴族院的自稱圖書委員IV〉》封面

《外傳　貴族院一年級生》封面

《小書痴的下剋上 Fanbook1》封面

《小書痴的下剋上　Fanbook2》封面

羅潔梅茵　雖然搞不懂這是怎麼一回事，但我好像與路茲還有班諾先生一起來到印刷博物館了?!……來都來了，真想參觀一下呢。

與羅潔梅茵三人同遊印刷博物館

羅潔梅茵　印刷博物館裡面有很多閱讀《小書痴的下剋上》時可以當參考的資料喔。這一區介紹了紀錄媒介的歷史。在成功做出書本之前，我們也經歷過了無數次的失敗呢。對不對，路茲？

路茲　哦……原來妳那時候做的黏土板、木簡和竹簡，真的存在過啊。竟然不是隨口亂說的。這邊的是什麼？這不是書吧？

羅潔梅茵　其實記錄媒介有很多種，在書本出現之前還有其他媒介喔。但因為我最喜歡的是紙本書，對於製作之前的記錄媒介沒什麼興趣。不過路茲與班諾先生還是可以仔細看看，說不定會對你們有幫助呢。唔呵呵。

班諾　唉，妳還是老樣子，對於沒興趣的事情就不想多花心力。路茲，你可要好好參觀。這傢伙太靠不住了。

路茲　我知道了，老爺……嗯？這東西跟薩克畫的印刷機很像吧？他明明是靠著梅茵那麼籠統的說明設計出來的，這也太像了吧。

羅潔梅茵　嗯、嗯，薩克的想像力之豐富很令人佩服吧。為了讓薩克他們以後能做出更便利的印刷機，路茲要好好觀察……啊，路茲！你離櫥窗太近了啦！看起來好可疑！

班諾　喂，路茲。裡面好像還有各種展示。若想了解印刷機的詳細構造，別看那種人偶的展示，去裡面看看真正的印刷機吧。走了。

※現場實際展示內容可能有所變更，而與內文介紹不符。

一樓　印刷博物館禮品店內
羅潔梅茵工坊直營店千萬不容錯過！

現在正是選購小書痴相關書籍與周邊商品的好機會！

NEW!
漫畫版《小書痴的下剋上》
壓克力鑰匙圈（附底座）
Q版人物皆是鈴華全新繪製！另附鉤環。
各1000圓（稅另計）
全5種類

NEW!
金屬書籤
有羅潔梅茵工坊徽章圖案的金色書籤！
1000圓（稅另計）

NEW!
明信片
精選原著插圖，高級霧面質感！
各250圓（稅另計）
全5種類

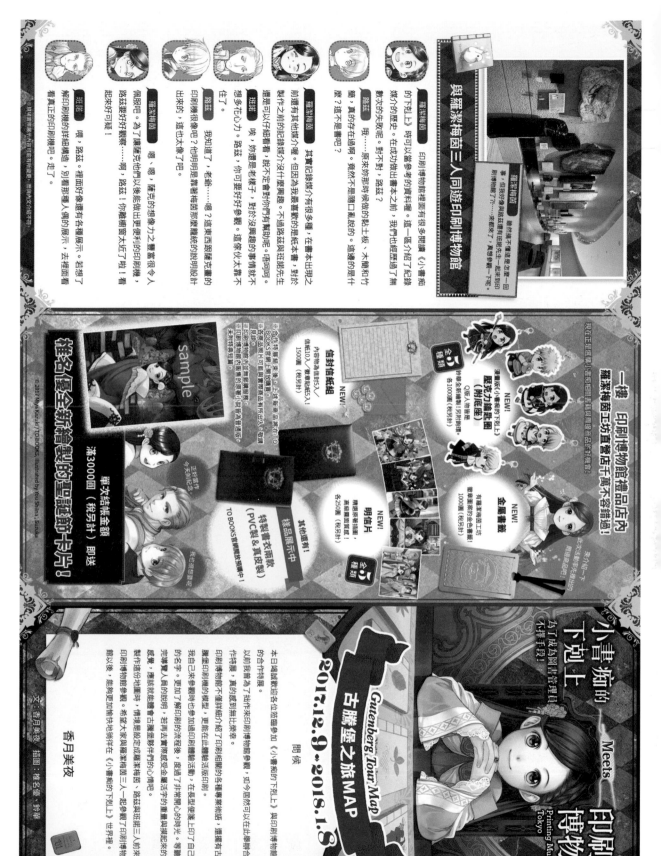

NEW!
信封信紙組
內容物為信封5入／信紙10入／徽章貼紙5入！
1500圓（稅另計）

其他還有！
樣品展示中
特製書衣兩款（PVC製＆真皮製）
TO BOOKS官網開放預購中！

※合作特展結束後，上述新商品將在TO BOOKS官網上開放購買。
※各商品照片可能與實際商品有所出入，敬請見諒。
※印刷博物館內並無郵購服務。
※印刷博物館內販售的原著小說皆為普通版，未附特典短篇。

單次結帳金額滿3000圓（稅另計）即送
椎名優全新繪製的聖誕節卡片！

小書痴的下剋上 Meets 印刷博物館 Printing Museum, Tokyo

為了成為圖書管理員不擇手段！

Gutenberg Tour Map 古騰堡之旅MAP

2017.12.9→2018.1.8

問候

本日竭誠歡迎各位蒞臨參加《小書痴的下剋上》與印刷博物館的合作特展。

以前我曾為了拙作來印刷博物館參觀，如今居然可以在此舉辦合作特展，真的感到無比榮幸。

印刷博物館不僅詳細介紹了印刷相關的各種專業術語，還擺有古騰堡印刷機的模型，更能在此體驗活版印刷。

我自己來參觀時也參加過印刷體驗活動，在長型便箋上印了自己的名字。更加了解印刷的流程後，度過了非常開心的時光。等聽完導覽人員的說明，若再去實際感受金屬活字的重量與摸起來的感覺，應該就能體會古騰堡夥伴們的心情吧。

製作這份地圖時，情境是設定成羅潔梅茵、路茲與班諾三人前來印刷博物館參觀。希望大家與羅潔梅茵三人一起參觀了印刷博物館以後，能夠更加愉快地徜徉在《小書痴的下剋上》世界裡。

香月美夜

文：香月美夜　插圖：椎名優、鈴華

《小書痴的下剋上》Meets印刷博物館　古騰堡之旅MAP　正面

小書痴

綜合展區de眼中的看點導覽

這些看點都是綜合展區中我實際參考過的資料。參觀完以後，請再看一遍《小書痴的下剋上》吧。相信會樂趣加倍。

A 活字
Printing type

路茲 啊，這個。我在工坊印刷的時候也會用到。在艾倫菲斯特那裡說到活字，都是指約翰拼命做出來的金屬活字，原來用木頭也做得出來嗎？

羅潔梅茵 可以喔。但是，用木頭無法大量生產一模一樣的文字，所以比起木製活字，絕對還是約翰做的金屬活字更有助於推廣印刷。

路茲 聽說為了做出最一開始的鑄模，約翰不知道花了多少時間。後來好像是因為只剩鑄造這個步驟，工坊裡的人都出手幫忙，但妳可別因為這樣，就隨隨便便開口說自己想要更大的文字喔。

還能體驗活字印刷

路茲 哦～體驗活字印刷嗎……但我平常已經在工坊裡體驗過了，反而比較好奇那邊那些款式老舊的印刷機。老爺如果有時間，要不要體驗看看？雖然我、梅茵和老爺曾三個人一起做過紙，但您去神殿的時候總是穿著面見貴族用的服裝，從沒動手印刷過吧？如果能實際體驗看看，就可以清楚了解我和灰衣神官們平常在做什麼工作了。

B 印刷機
Printing Press

古騰堡印刷機 B-1

羅潔梅茵 為了讓薩克他們做出這臺機器，當初說明的時候我可是絞盡了腦汁。像是夾住紙張與放置印版的地方……如果能讓他們親眼過來看一看，薩克與約翰肯定馬上就看懂了吧。

普朗坦－莫雷圖斯工坊 B-2

羅潔梅茵 班諾先生，請看。可以清楚了解古騰堡印刷機的使用方式呢。啊，對了對了。這也是我把商會取名為普朗坦的由來喔。真想親自去當地參觀……所以，還請普朗坦商會務必參考這裡播放的影片，在工坊裡頭增設大量印刷機．然後讓印刷機不停運作、不停印製書籍，讓我可以看到很多很多的書吧。

印刷機的演變

羅潔梅茵 多虧薩克的設計，一下子就做出了使用「彈簧」的印刷機，但其實還有這樣的演變過程喔。

15世紀： B-1
木製印刷機
透過把手轉動螺旋，讓壓印盤下壓，就能成功印刷。原本好像是參考了釀製葡萄酒的榨葡萄機。多虧了印刷機，即使重複印刷，印壓的力道還是非常穩定，進而維持一定的印刷品質。

19世紀： B-3
鐵製印刷機
斯坦霍普印刷機
(Stanhope press)
木製印刷機出現後過了約莫350年，鐵製印刷機也問世了。而且和活字一樣只要把鐵灌進鑄模，就能大量生產印刷機。

19世紀： B-4
槓桿取代螺旋
哥倫比亞印刷機
(Columbian press)
除了印刷機的使用材料從木頭變成鐵，另外也出現了新的加壓構造。槓桿系統取代了過往的螺旋結構，就可以印製面積更大的印刷品。

19世紀： B-5
彈簧的運用
阿爾比恩印刷機
(Albion press)
彈簧的運用使得壓印盤可以自動回到原位。由於使用零件較少，印刷機的體積輕巧許多，因此與大量印製用的機器不同，好像也適合少量印刷。

C 鎖鏈圖書與裝訂
Chained Books and binding

班諾 艾倫菲斯特的貴族大人們一般持有的就是這種書。封面鋪有皮革，而且又厚又重、價格高昂，不是普通老百姓買得起的東西。這種書為了防止遭竊，放在圖書室裡時通常會繫上鎖鏈。我聽說神殿圖書室裡的書也一樣繫有鎖鏈。這麼說來，我還聽說那丫頭發燒的時候，法藍曾在徵得神官長的同意後解開鎖鏈，幫她把書帶回房間。當那丫頭的侍從還真辛苦。

D 古騰堡
Gutenberg

班諾 做出第一臺印刷機、印出《聖經》的人就是古騰堡嗎？嗯……因為那丫頭說明的時候情緒太激動了，根本聽不懂她在說什麼，原來我們的稱號來自這麼偉大的人物。

路茲 但就算知道了由來，我還是高興不起來。

E 羊皮紙
Parchment

班諾 嗯？……什麼啊，原來這裡也有羊皮紙嗎？因為那丫頭特別推崇植物紙，我還以為羊皮紙在這裡並不存在。羊皮紙的原料主要使用綿羊、山羊、犢牛等，這點倒是跟我們一樣嘛。另外，不能有明顯的傷疤與毛孔、顏色越白價值越高，還有因為價格高昂，會用小刀或浮石削去字跡重複使用，這些也和我們一致。共通點這麼多還真有意思。

※現場實際展示內容可能有所變更，而與內文介紹不符。

《第三部　領主的養女II》卷首彩頁草稿

《第三部　領主的養女III》卷首彩頁草稿

《第三部　領主的養女Ⅳ》卷首彩頁草稿

《第三部　領主的養女Ⅴ》卷首彩頁草稿

《第四部　貴族院的自稱圖書委員Ⅰ》卷首彩頁草稿

《第四部　貴族院的自稱圖書委員Ⅱ》卷首彩頁草稿

《第四部　貴族院的自稱圖書委員III》卷首彩頁草稿

《第四部　貴族院的自稱圖書委員IV》卷首彩頁草稿

《外傳　貴族院一年級生》卷首彩頁草稿

《第三部　領主的養女III》封面草稿

《第三部　領主的養女II》封面草稿

《第三部　領主的養女Ｖ》封面草稿

《第三部　領主的養女Ⅳ》封面草稿

《第四部　貴族院的自稱圖書委員Ⅱ》封面草稿

《第四部　貴族院的自稱圖書委員Ｉ》封面草稿

《第四部　貴族院的自稱圖書委員IV》封面草稿

《第四部　貴族院的自稱圖書委員III》封面草稿

《外傳　貴族院一年級生》封面草稿

瞞著主人的圖書館觀摩

香月美夜

「菲里妮，等妳收拾完畢請進來近侍室。」

羅潔梅茵大人在黎希達與莉瑟蕾塔的陪同下前去沐浴後，萊歐諾蕾開口向我這麼喚道。我趕緊加快速度，收拾好剛才用來編寫參考書的文具和紙張。

……是不是我做錯了什麼事情呢？

「我是菲里妮，失禮了。」

我戰戰兢兢地走進近侍室，發現房內只有萊歐諾蕾與布倫希爾德。萊歐諾蕾表情有些凝重地坐在椅子上，而布倫希爾德似乎正在工作，俐落地在推車上準備茶水。

「菲里妮，請坐吧。」

這絕對是要說教。「是、是！」我內心感到想哭地應聲後，在萊歐諾蕾面前坐下。

「妳不用這麼緊張，我們只是要和妳討論明天的行程。萊歐諾蕾的表情雖然看起來可怕，但她其實只是在想事情，並不是在生氣喔。」

布倫希爾德輕笑著解釋道，同時在我身旁坐下。萊歐諾蕾則用單手捂著臉頰，面帶難為情的微笑說：「我露出了可怕的表情嗎？真是不好意思。」本來還渾身僵硬的我，這才稍微沒有那麼緊張。之所以只有稍微，是因為這是我第一次在沒有優蒂特與安潔莉卡在場的情況下，與兩位上級貴族直接交談。

「我與布倫希爾德預計明天上午去一趟圖書館，向索蘭芝老師請教一些問題，菲里妮要不要一起來呢？」

「這我自然非常感激，因為哈特姆特也吩咐我，在羅潔梅茵大人開始每天去圖書館之前，最好先勘察過館內情況，還要向索蘭芝老師尋求同意，讓我們能在圖書館裡委託徽章作業給其他學生……可是，明明羅潔梅茵大人還不能去圖書館，我們去了沒關係嗎？」

羅潔梅茵大人可是無比期待去圖書館，但在修完課之前又只能忍耐。總覺得這樣子對她很過意不去，所以莫名地有種我也不能去的感覺。

「菲里妮，身為近侍能夠這般為主人著想，是很重要的特質喔。一旦聽到我們要去圖書館，羅潔梅茵大人的內心多半很難保持平靜吧。但是為了主人，我們也不能因此疏於事前的調查工作。還是得仔細勘察，並把這件事藏在心裡，必要時也要能迅速應對，這才算是優秀的近侍。」

可能因為布倫希爾德是上級貴族吧，她的措辭有些難懂。我拚了命在腦海中總結她想表達的意思。

「呃、呃……所以，我們要瞞著羅潔梅茵大人去圖書館嗎？」

「……妳有這樣的認知就好。」

布倫希爾德有些悶悶不樂地頷首。是不是我有哪裡會錯意了呢？我偷偷覷向萊歐諾蕾，發現她正用透著溫暖笑意的眼神看我。看來並沒有在生氣的樣子。

「要去圖書館的，只有我們三個人嗎？」

我對於其他人都沒有加入討論感到疑惑，萊歐諾蕾於是告訴我明天大家的行程。

「二、四、六年級生上午有術科課，所以有空的只有上堂音樂課已經通過考試的我而已。一、三、五年級生則要上學科課，柯尼留斯與哈特姆特雖然有空，但柯尼留斯說過，他現在想先專注於讓安潔莉卡通過學科考試；而哈特姆特說他要代替菲里妮，留在羅潔梅茵大人身邊伺候。」

「哈特姆特好像還去圖書館借來了幾本羅潔梅茵大人沒看過的書，然後會請黎希達轉交，讓她留在宿舍裡看書。所以我們明天就算不在，羅潔梅茵大人也不會感到奇怪吧。」

聽完布倫希爾德的說明，我不禁大為感動。

……竟然能一邊哄得羅潔梅茵大人開開心心，一邊還幫忙掩蓋我們的行蹤，哈特姆特真是太優秀了。

「那麼我就感謝哈特姆特的好意，恭敬不如從命了。」

我表明自己的決心後，布倫希爾德與萊歐諾蕾的目光卻有些飄向遠方。

「……萊歐諾蕾，她居然說要感謝哈特姆特的好意……」

「布倫希爾德，姑且不論他有沒有好意，但我們確實需要他來幫這個忙喔。」

隔天吃完早餐，目送大家出去上課以後，哈特姆特便引導羅潔梅茵大人

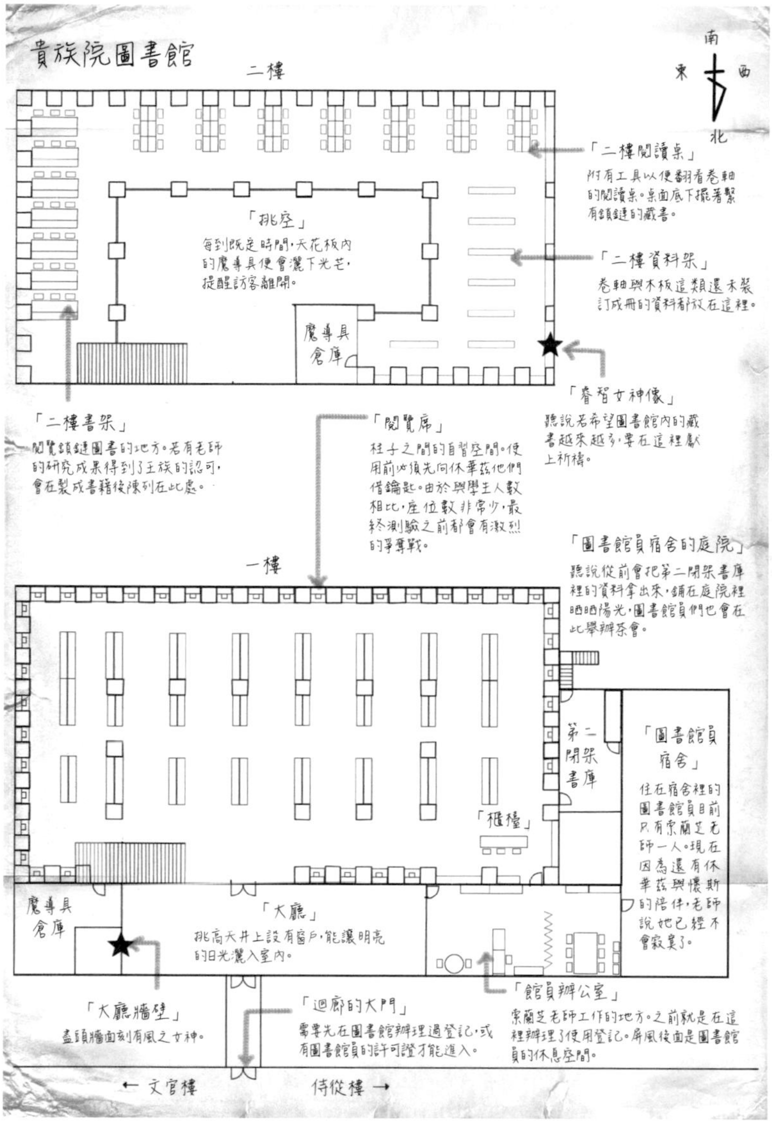
貴族院圖書館
二樓
南
東
西
北
「二樓閱讀桌」
附有工具以便翻看卷軸的閱讀桌。桌面底下擺著繫有鎖鏈的藏書。
「挑空」
每到既定時間，天花板內的魔導具便會灑下光芒，提醒訪客離開。
「二樓資料架」
卷軸與木板這類還未裝訂成冊的資料都放在這裡。
魔導具倉庫
「眷智女神像」
聽說若希望圖書館內的藏書越來越多，要在這裡獻上祈禱。
「二樓書架」
閱覽鎖鏈圖書的地方。若有老師的研究成果得到了王族的認可，會在製成書籍後陳列在此處。
「閱覽席」
柱子之間的自習空間。使用前必須先向休華茲他們借鑰匙。由於與學生人數相比，座位數非常少，最終測驗之前都會有激烈的爭奪戰。
「圖書館員宿舍的庭院」
聽說從前會把第二開架書庫裡的資料拿出來，鋪在庭院裡晒晒陽光，圖書館員們也會在此舉辦茶會。
一樓
第二開架書庫
「圖書館員宿舍」
住在宿舍裡的圖書館員目前只有索蘭芝老師一人。現在因為還有休華茲與懷斯的陪伴，老師說她已經不會寂寞了。
「櫃檯」
魔導具倉庫
「大廳」
挑高天井上設有窗戶，能讓明亮的日光灑入室內。
「大廳牆壁」
盡頭牆面刻有風之女神。
「迴廊的大門」
需要先在圖書館辦理過登記，或有圖書館員的許可證才能進入。
「館員辦公室」
索蘭芝老師工作的地方。之前就是在這裡辦理了使用登記。屏風後面是圖書館員的休息空間。
← 文官樓
侍從樓 →

前往多功能交誼廳。相信接下來交給黎希達與哈特姆特就沒問題了吧。我與萊歐諾蕾還有布倫希爾德，一同悄悄地離開宿舍。

離開中央棟，走進迴廊。往盡頭的門扉舉起手後，只要是已經辦理過登記的人，大門就會自動打開。我們走進門後的迴廊，再打開另一扇門，便進入圖書館的大廳。索蘭芝老師已在大廳等著我們了。

「早安，羅潔梅茵大人的幾位近侍。」

「索蘭芝老師，如同前些天在奧多南茲中拜託過的，我們希望在羅潔梅茵大人開始出入圖書館之前，先巡視一遍館內，了解有無危險場所、學生的出入情況，以及緊急出口的所在位置等等。」

萊歐諾蕾做為代表說明來意後，索蘭芝老師微笑著點了點頭。

「羅潔梅茵大人可是讓休華茲與懷斯醒來的人，這也是為了確保她來圖書館時能安全無虞。那我為妳們做介紹吧。而且今天館內沒有半個人……話雖如此，但我想圖書館裡頭應該沒有什麼危險場所呢。」

索蘭芝老師一邊說，一邊指向我們走進來的那扇門。

「從迴廊盡頭那裡開始，只有來圖書館辦理過登記，或者得到我這個圖書館員許可的人，才有辦法進來。所以，不可能有陌生的外來者突然闖入。如果有人敢亂來，休華茲與懷斯也會捉住他們。」

聽說就連下人們出入的底樓與一樓也一樣，未辦理過登記的人一律無法進入，再者現在也沒有下人會出入圖書館。

「圖書館的戒備還真森嚴呢。」

「因為收藏於圖書館內的資料就是如此重要。建築物本身還有風之女神舒翠莉婭的浮雕，用以守護匯集至貴族院的所有知識。」

萊歐諾蕾走向索蘭芝老師示意的方向，也就是與辦公室相對的牆壁。雪白牆面上刻著高舉盾牌的風之女神，氛圍肅穆隆重。看得入迷的我忍不住發出讚嘆，萊歐諾蕾卻是看向通往閱覽室的大門，再看向牆壁與辦公室的門，表情變得嚴肅。

「索蘭芝老師，這面牆壁後面有什麼東西嗎？以圖書館的大小來看，牆壁後面應該還有房間吧？」

「裡面是圖書館的魔導具倉庫，入口在閱覽室的階梯下方……但由於圖書館員現在只剩我一人，大半的魔導具都停止運作了。」

索蘭芝老師有些自嘲地這麼說明後，接著往辦公室邁步，一邊問道：「圖書館員的辦公室要再看過一遍嗎？」

「好的。尤其我想確認一下與閱覽室連接的那扇門。」

萊歐諾蕾跟著索蘭芝老師移動。由於辦理登記時進來過，所以我也不感到緊張，跟在布倫希爾德身後走進辦公室。屋內的擺設仍與記憶中一樣，進門後的牆邊放有長椅，長椅對面是先前辦理登記手續的圓桌，更後面是辦公桌。

「這張辦公桌相當大呢。是不是也兼作某種工作桌？因為休息空間應該是在屏風後頭……」

布倫希爾德納悶地發問後，索蘭芝老師神色哀傷地輕撫著桌子，往後頭走去。

「現在因為只有我一人在使用，看起來覺得很大吧。但以前有多名圖書館員的時候，反而覺得太小呢。就連後面休息空間裡的桌子，也會拿來當工作桌使用。」

屏風內側是圖書館員的休息空間。有一張大桌子，還有三張可能是從前圖書館員們坐過的椅子擺在角落。多半因為有些老舊了，無人可坐的椅子看來非常寂寥。

「從前我們會在這裡吃午餐，但現在因為我不好意思讓侍從只送一人份的餐點過來，所以都是我自己走去職員餐廳。以前老師們如果有事還會來找我們商量，但這幾年就只有我一個人，實在無法撇下工作不管，所以也沒辦法聽人傾訴煩惱。目前很少用到這個空間呢。」

「既然老師們以前是在這裡用午餐，代表館內也有用來準備茶水的設備吧？因為羅潔梅茵大人往後會長時間待在圖書館裡頭，我正煩惱著屆時的茶水該怎麼辦呢。」

布倫希爾德的嗓音頓時變得明亮歡快。索蘭芝老師思考片刻後，搖了搖頭。

「準備茶水的設備並不在圖書館，而是在這扇門後的圖書館員宿舍裡頭。但是，我無法准許學生出入宿舍。」

「這樣啊。看來還是只能每天推著推車，從宿舍來圖書館了。」

布倫希爾德一臉大失所望。她說如果每次都要準備好幾種茶葉，並從宿舍帶來圖書館，實在很費工夫。

「妳要不要與羅潔梅茵大人商量看看呢？若是預先說好只準備她喜歡的茶葉，那麼就算只帶一種，相信她也不會責怪妳吧。」

「是呀，羅潔梅茵大人多半不會怪罪我吧。可是……」

布倫希爾德以手托腮，嘆了口氣。她說圖書館是公共場所，老師們也會進出，所以若被老師撞見自己身為近侍，隨侍在主人身邊時卻不夠細心周到，侍從課程的術科成績就會被扣分。

「那還真是……大意不得呢。」

「與他領舉辦茶會時，侍從之間也會互相評分。再說了，侍從的準備不周也會影響到主人的評價呀！」

布倫希爾德的語氣越來越激動，索蘭芝老師不由得輕聲笑了起來，說：「羅潔梅茵大人的近侍真是優秀呢。」布倫希爾德害羞得紅了臉頰。為了轉移話題，我指向牆邊的櫃子。

「索蘭芝老師，休華茲與懷斯曾坐在這邊的櫃子上吧？那他們現在到了晚上，也是回這裡坐著嗎？」

「不，為免遭竊，晚上我會讓兩人進入館員宿舍。」

索蘭芝老師將通往館員宿舍的門稍微打開。光是孤伶伶一個人待在辦公室裡，就讓人覺得很難過了，竟然還要獨自一人在宿舍裡生活，那該有多寂寞啊。

「索蘭芝老師，您一個人住在宿舍不寂寞嗎？」

「和工作時不同，侍從卡特琳也與我住在一起，如今又多了休華茲與懷斯，變得非常熱鬧呢。現在我已經不寂寞了。」

索蘭芝老師呵呵笑著，關上宿舍的門，接著打開通往閱覽室的門扉。一打開門，門外就是館內辦理各種手續的櫃檯。大概是因為還不曾從辦公室走進閱覽室，我踏出步伐的時候，心跳不由自主加快。

「若要借閱資料與使用閱覽席，都要在這裡辦理手續。這邊的櫃子請不要觸碰。因為裡頭還放有保證金，要是隨便亂碰，會被休華茲與懷斯壓制在地喔。」

可能因為現在是上課時間，閱覽室裡毫無人影，休華茲與懷斯就坐在椅子上。羅潔梅茵大人來的時候，他們總會喊著：「公主殿下、公主殿下。」在我們四周不停打轉，今天卻一步也沒有靠過來。看來羅潔梅茵大人是特別的。

「哎呀，這邊的閱覽席有來自大廳的光線呢。」

萊歐諾蕾這句話讓我轉過頭去。閱覽席是設置在柱子之間的自習空間，隔有到我腋下高度的門板。這邊的閱覽席就在辦理手續的櫃檯旁邊，大廳的柔和亮光自桌前的長型窗子灑落下來，儘管面向北方，卻意外明亮。

「但這邊的位置因為會被大廳的人看得一清二楚，其實沒什麼人想坐呢。」

索蘭芝老師說，這邊的位置只要有人進出圖書館員的辦公室，就會忍不住在意起人影與路人的目光，所以很難專心。

「看來有必要看過所有的閱覽席呢。之後羅潔梅茵大人若想使用閱覽席，得先了解可以推薦給她哪邊的位置。」

萊歐諾蕾說話時表情認真，一邊檢視起閱覽席的構造、窗戶的位置與大門的距離等等。感覺見習護衛騎士的工作十分不易，我絕對做不來。

「那麼就從西側這裡開始，在一樓繞一圈吧。」

我們經過辦理手續的櫃檯，沿著牆壁往南前進，然後看見了一扇門。

「這是第二閉架書庫。」索蘭芝老師邊說邊輕輕敲門。「存放在裡面的都是老舊的資料，鑰匙由我負責保管，但每次拿了資料以後就要馬上出來，重新把門鎖上，所以不太可能有可疑人物從這裡進出吧。」

索蘭芝老師接著轉動門把，向我們展示房門確實已經上鎖。萊歐諾蕾也上前轉動門把，仔細確認。

「既然這是第二閉架書庫……代表還有第一閉架書庫囉？」

「是的。第一閉架書庫保管著老師們留下的資料，位在中央樓。需要也帶各位過去看看嗎？但如果要離開圖書館，我得預先做點準備……」

「不了。我想確認的，只有出入圖書館時需要注意的地方而已，所以沒關係。」

「知道了。那我們繼續前進吧。」

鄰近書庫的閱覽席因為沒有窗戶，比其他位置要暗，桌上放有幾個供照亮桌面的照明用魔導具。

「由於照明用魔導具需要魔力，所以下級貴級都不喜歡坐這裡。但話雖如此，到了快要最終測驗的時候，學生們連要搶到閱覽席也不容易呢。」

再繼續往南走後，大概是已經過了書庫，後面的閱覽席開始設有窗戶。明亮日光灑入館內，窗外可見覆著白雪的風景。正在察看閱覽席的萊歐諾蕾目光變得犀利，瞪向窗戶外頭的樓梯。

「索蘭芝老師，這扇窗戶外面的樓梯通往哪裡呢？」

「這道樓梯與剛才看到的閉架書庫相通喔。資料在放進書庫裡之前，得先施以消毒與保存的魔法，所以需要比較寬敞的空間，便會利用館員宿舍的庭院。但近年來都沒有先施魔法，就直接放進了書庫裡。今年由於休華茲與懷斯醒來了，有很多資料得從登記開始重新建檔呢。」

索蘭芝老師一臉懷念地注視窗外。看來羅潔梅茵大人能讓休華茲與懷斯醒來，對索蘭芝老師帶來的幫助超乎我們的想像。

「到了領主會議那時候，這處庭院會開出非常美麗的花朵，從前我們圖書館員還會在這裡開心地舉辦茶會。」

「畢竟我們只有冬天會來貴族院，從這片覆滿白雪的景色，實在很難想像春天的貴族院是什麼樣子呢。」

布倫希爾德說完，我也點頭贊同。眼前的庭院覆蓋著茫茫白雪，完全想像不出繁花盛開的景象。索蘭芝老師咯咯笑了起來。

「現在妳們還是一般的學生，最好不必看見貴族院春天的景象呢。可以的話，等到妳們往後的身分能夠一同參加領主會議，屆時再來欣賞貴族院春天的美景吧。」

「我們會努力的。所以，到時候請務必帶我們來欣賞這處庭院。」

萊歐諾蕾輕笑著說完，接著往東邁步，走向南側的成排閱覽席。

「索蘭芝老師，艾倫菲斯特有意在圖書館宣傳羅潔梅茵大人提供的徽章作業，並委託給他領的學生。」

站在燦亮日光流淌而下的閱覽席前，布倫希爾德突然改變話題。

「哎呀，各位想在圖書館委託徽章作業嗎？」

「是的。由於羅潔梅茵大人會親自來圖書館，為免旁人誤以為她很吝嗇，我們想盡快向他領宣傳，艾倫菲斯特有蒐集故事這項徽章作業。」

布倫希爾德一臉擔憂地表示。圖書館一向是沒有錢的中級與下級貴族才會來，除非是見習文官，否則一般的上級貴族與領主候補生很少親自造訪，通常會委託中級或下級貴族幫忙跑腿。

但是，這並不是因為上級貴族壞心眼、仗勢欺人，而任意使喚地位比自己低的學生。為了讓低年級的下級貴族能在貴族院裡順利生活，想些簡單的委託工作，譬如吩咐他們去圖書館跑腿等等，是領主候補生與上級貴族的責任。所以，如果被人誤以為羅潔梅茵大人連派人去圖書館的錢也捨不得出、是吝嗇的小氣鬼，那就不好了。

「主人如此特立獨行，近侍也真辛苦呢。那麼，是什麼樣的作業呢？」

布倫希爾德的目光往我瞥來。我身為羅潔梅茵大人的文官，將負責處理徽章作業一事。其實本來不該交給布倫希爾德，應該由我開口與索蘭芝老師交涉。

「那、那那、那個，索蘭芝老師，羅潔梅茵大人提出的徽章作業，是請大家抄寫艾倫菲斯特圖書室裡沒有的書籍，或是把各自領內流傳的故事記錄下來……而且也預計會借給大家筆和墨水。如果能在圖書館內進行委託，我們會非常感激。」

我緊張不已地說明，連嗓音也不由得變尖。但是，索蘭芝老師始終認真傾聽，還面帶沉穩的微笑，最後下達許可說：「除了最終測驗之前人潮最多的那段時間，其他時候都沒關係。」

「請問有方便與他領學生進行交流的閱覽席嗎？」

「我看看……這邊的閱覽席可以從書架間的走道看見出入口吧？如果有學生想要接下委託，想必很容易就能發現妳的蹤影。只不過，這附近的閱覽席競爭激烈，如果想要搶到位置，可能最好有上級貴族陪同。」

據說即使自領的領地排名較高，但只要中級貴族開口要求，下級貴族也只能讓位。而我不僅年級低，還是下級貴族，恐怕很難占到好位置吧。想到未來可能面臨的挫折，我不禁垂頭喪氣，布倫希爾德便輕拍我的肩膀。

「菲里妮，妳不用這麼悲觀。因為到時候，妳可是與領主候補生羅潔梅茵大人一起來圖書館呀。不會有問題的。」

「是啊。」萊歐諾蕾也附和布倫希爾德，點頭表示贊同。我的心情頓時輕鬆了一些。

我們沿著東側的閱覽席繼續前進。萊歐諾蕾還檢查了書架的間隔等地方，發表感想說：「想不到這邊的死角還不少呢。」顯然正在思考要讓羅潔梅茵大人使用哪個閱覽席。

「索蘭芝老師，階梯下方有一扇門，就是您剛才在大廳說的嗎……？」

「對，這是魔導具倉庫的門。這邊也一樣平常會上鎖，所以不太可能有可疑人物躲在裡頭。」

接著我們從寬敞的階梯走上二樓，只見柱子之間不像一樓有閱覽席，而是設置了書架，架上堆疊著繫有鎖鏈的書籍。桌子還與書架連在一起，可以直接在原地看書。

「這邊的書因為繫著鎖鏈，只能直接在這裡翻閱……平常很少有學生會來這裡，也不曉得羅潔梅茵大人是否有興趣呢。」

「書上的內容是什麼呢？」

「這些書都是從老師們的研究成果中，在得到王族的認可後特別製成書籍的。多雷凡赫的書應該是最多的吧？」

光聽說明就覺得這些書很難懂，可以理解為何很少有學生上來翻閱。

……但如果是羅潔梅茵大人，她應該還是會看得很開心吧。

「這邊的天花板嵌有催促訪客離館的魔導具。」

「就是那個會變色的裝置吧。黎希達還為此鬆了口氣，說這樣一來羅潔梅茵大人應該也能馬上發現，真是太好了呢。」

我仰頭看向挑空的天花板，現在並未看見任何顏色，只有亮眼日光從鑲著玻璃、加強採光的天花板傾瀉而下。這是為了讓陽光也能照到一樓吧。由於中間挑空的關係，二樓並沒有想像中遼闊。

我們沿著白色欄杆走向南側，發現書架的造型又變了。最上面的板子變成傾斜的，可以把書放在上面立起來讀。檯面底下擺有書籍。

「這邊的閱讀桌附有翻看卷軸時會用到的工具。因為以前的藏書與未製成書籍的資料，很多都是卷軸。而閱讀桌底下擺著的，則是大到放不進那邊書架的書籍。」

底下的書全都大到感覺光要拿出來就非常吃力。倘若羅潔梅茵大人想看閱讀桌底下的書，身為見習文官的我就必須為她準備好才行。但看起來很重的樣子，我真的沒問題嗎？

「放在二樓裡面這邊的，全是卷軸與木板這類還未裝訂成冊的資料。」

西側的柱子之間一樣沒有閱覽席，只有堆滿資料的架子一字排開。而且似乎多是老舊的資料，跟其他地方比起來，空氣中有種滿是灰塵的感覺。

「像赫思爾老師因為嫌製成書籍麻煩，所以她的研究成果大多放在這邊。她的弟子常常要翻遍每個架子才能找到資料，看來十分辛苦呢。」

「哎呀……」

大家都發出了咯咯輕笑，一邊繼續移動，接著資料架之間出現了女神像。神像手上捧著一大本書，應該是梅斯緹歐若拉吧。

「這是睿智女神像。這裡是獻上祈禱的地方，祈求圖書館裡的藏書能越來越多。」

「羅潔梅茵大人若是看到了，想必會非常虔誠地獻上祈禱吧。」

「菲里妮，女神像的存在也要保密唷。羅潔梅茵大人要是知道了，肯定會說她想在每個地方都設置梅斯緹歐若拉的女神像。」

想像了羅潔梅茵大人在房裡每個角落都設置女神像的畫面，我忍不住笑了出來。感覺屋子裡會到處都是女神像。

「是，我一定好好保密……索蘭芝老師，裡面那扇門又是什麼房間呢？」

「那裡也是魔導具倉庫喔。除了準備開館與閉館的時候，平常一樣會上鎖。」

「圖書館裡頭的魔導具還真不少呢。」

不僅一樓有魔導具倉庫，休華茲與懷斯也是魔導具。圖書館裡頭究竟有多少魔導具呢？

「而且就連柱子與天花板上也有，所以如果想讓所有魔導具都發動，光靠我一個中級貴族實在是不可能的事情。目前真的只有基本的魔導具在運作而已。」

明明如此重視圖書館，卻無法僅憑自己的魔力讓一切正常運作，索蘭芝老師一定懊悔不已吧。我跟著想起自己身為領主一族的近侍，魔力一樣非常不足。

……我也好想擁有配得上這個身分的魔力。為了學習羅潔梅茵大人的魔力壓縮法，得多賺點錢才行……

萊歐諾蕾又問了索蘭芝老師幾個問題後，告知下課鐘聲即將響起的光芒便灑落下來。索蘭芝老師朝著一樓快步移動。

「請三位趕緊回宿舍吧。近來對休華茲與懷斯感到好奇的老師與學生們，都會趁著午休時間和土之日來圖書館。有些人不懷好意，認為是艾倫菲斯特搶走了王族的遺物，也有人渴望成為休華茲他們的主人。萬一遇到這些人，可能會產生不必要的衝突。」

於是我們聽從索蘭芝老師的忠告，急忙離開圖書館，返回宿舍。走在迴廊上時，布倫希爾德臉色擔憂地開口說了。

「自從羅潔梅茵大人成了休華茲與懷斯的主人，周遭人們都對此議論紛紛。到了社交週，會不會因此被大領地的領主候補生們刻意針對呢？」

「但如果有排名比艾倫菲斯特高的領地提出要求，只要把主人之位讓給對方就好了吧？」

這樣一來，便不會演變成更大的糾紛。身為下級貴族的我，一直以來都秉持著這樣的處世之道。上級貴族不會有這種想法嗎？

「嗯，是呀。菲里妮的意見非常正確喔。」

走到中央樓時，不久第四鐘就響了。幾間教室的門扉打開，學生們魚貫走出。我們順著要回宿舍吃午餐的學生人潮，也回到宿舍。

踏進宿舍，上樓走到一半的時候，布倫希爾德往樓下的多功能交誼廳看了一眼。

「雖說把主人之位讓給上位領地才是正確的做法，但是我總覺得，羅潔梅茵大人比起與他領的關係，會更加重視圖書館，因而衝動行事。」

聞言，我倏地想起羅潔梅茵大人強迫我們一年級生讀書、而且要第一堂課就通過考試的模樣。對此我還記憶猶新，全身接著狂冒冷汗。

「……菲里妮，我的意見也要對羅潔梅茵大人保密唷。」

發覺布倫希爾德是在配合我，特意說要保密，我內心升起一陣暖意。

「知道了。我會保密的。」

然而，就在不久之後，布倫希爾德的擔心便成真了。

這時的我怎麼也料想不到，面對戴肯弗爾格的故意尋釁，羅潔梅茵大人竟然答應了比奪寶迪塔與之一較高下，甚至在獲勝後被王族正式認可為休華茲與懷斯的主人。

~FANBOOK 3全新短篇~
守門士兵這份工作
漫畫：鈴華
噗哈ー♪
ガヤ 吵吵
ガヤ 鬧鬧
喝
……歐托。
我看你今天一整天都在傻笑，到底發生什麼事了？
珂琳娜說了還不能告訴任何人，所以就算是班長，我也不會說的。
ジュウウ 滋ー
搞什麼，原來是有了孩子。
ゴフウ 噗！
嗯噗——！
咳咳！
班、班班……班長，你怎麼會知道?!
呃，誰看了都知道吧……

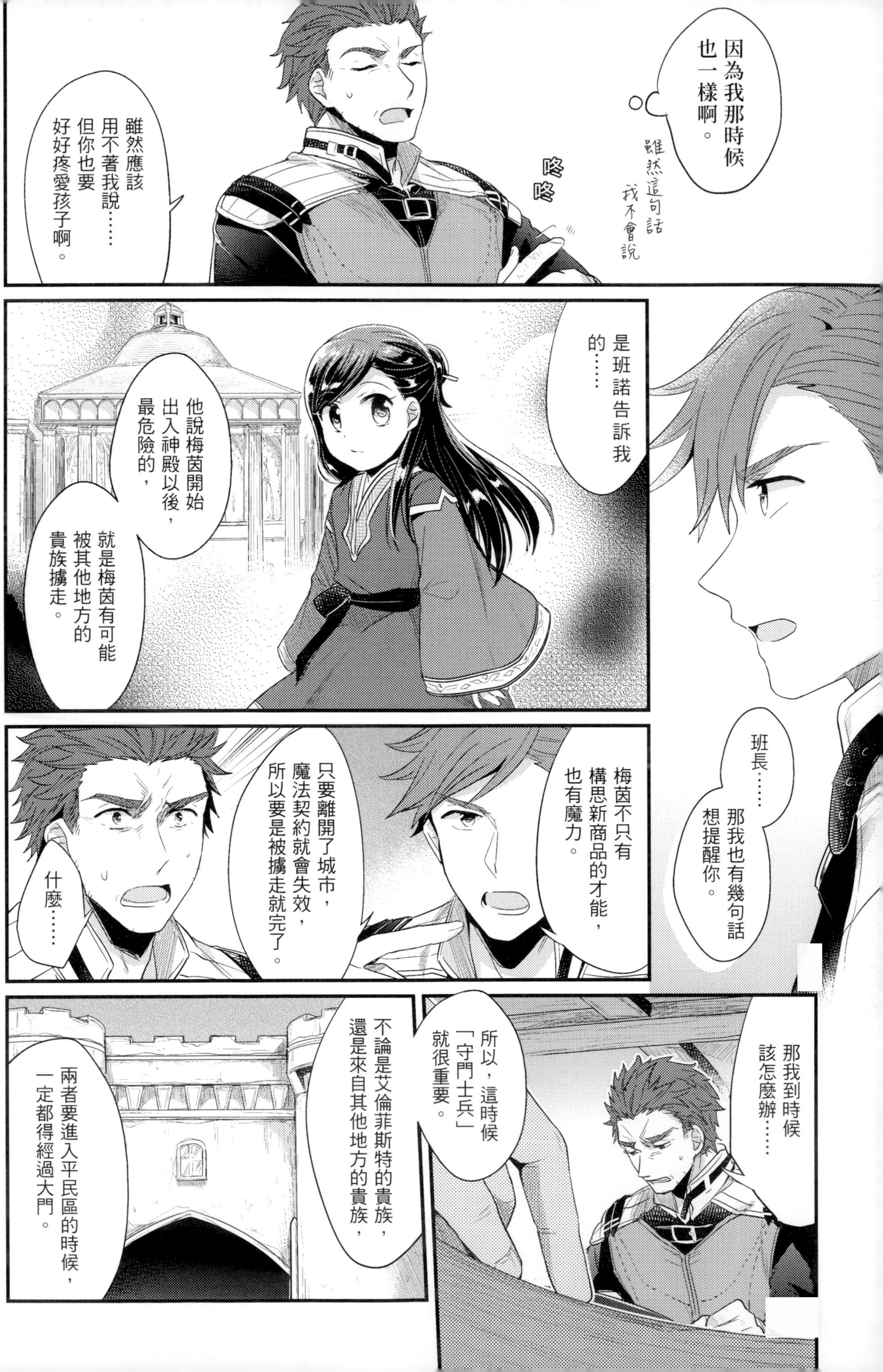
因為我那時候也一樣啊。
雖然這句話我不會說
咚咚
雖然應該用不著我說……但你也要好好疼愛孩子啊。
是班諾告訴我的……
他說梅茵開始出入神殿以後，最危險的，就是梅茵有可能被其他地方的貴族擄走。
班長……那我也有幾句話想提醒你。
梅茵不只有構思新商品的才能，也有魔力。
只要離開了城市，魔法契約就會失效，所以要是被擄走就完了。
什麼……
那我到時候該怎麼辦……
所以，這時候「守門士兵」就很重要。
不論是艾倫菲斯特的貴族，還是來自其他地方的貴族，
兩者要進入平民區的時候，一定都得經過大門。

調查那些貴族、守護平民區，正是守門士兵的工作。
……經你這麼一說，明年春天要調到東門這件事還真是幸運。
班長，
絕對要保護我們的家人。
大口
大口
咚！
是啊。
我的家人和這座城市，都由我來保護。
完

亞納索塔瓊斯
15歲
金髮
灰色眼睛
夏季出生
戒指 藍色
披風 黑色
180cm出頭
中央第二王子

艾格蘭緹娜
15歲
金髮
亮橙色眼睛
冬季出生
戒指 紅色
披風 紅色
167cm
庫拉森博克

亞納索塔瓊斯

椎名老師的設計重點：「因為是王子，所以點綴了很多細膩華奢的飾品，袖子也加了大量僅具裝飾功能的布料。」

艾格蘭緹娜

凜然高潔的氣質，精緻美麗的五官，還帶有大姊姊的感覺。成年後盤起頭髮時，有留意別與羅吉娜顯得相像。

索蘭芝
58歲
淡紫色頭髮
藍色眼睛
冬季出生
戒指 紅色
將近160cm
庫拉森博克出身

索蘭芝

椎名老師：「比黎希達更有『夫人』的感覺。」香月老師：「很有溫柔老奶奶的感覺，真是不錯呢。」

魔法圖騰

好幾道局部魔法陣組合而成的新圖案。預計使用在封面上。香月老師的評語：「好棒！太厲害了！」

before

after
藍斯特勞德
·13歲 戴肯弗爾格
·銀髮
紅色眼睛
·秋季出生
·戒指黃色
·披風 藍色
·170cm?
優蒂特
·11歲
·明亮橙黃色頭髮
·堇紫色眼睛
·夏季出生
·戒指藍色
·155cm左右

藍斯特勞德

根據香月老師的要求，在原先設計的人物腦後追加了一撮短短的馬尾。

優蒂特

馬尾改成及肩長度。人物設計與預想的一模一樣，連香月老師都大喊說：「這就是優蒂特！」

萊歐諾蕾
13歲
·紫紅(葡萄)色頭髮
·藍色眼睛
·冬季出生
·戒指 紅色
·163cm左右
托勞戈特
·12歲
·深金色頭髮
·群青色眼睛
·夏季出生
·戒指 藍色
·165cm左右

萊歐諾蕾

原本的設計概念是「含蓄保守的貴族千金」，後來依據香月老師的要求改為「幹練秘書風」，眉眼都修改得比較銳利。記得確認小說插圖。

托勞戈特

因為才12歲，還沒有完全長大，有種毛頭小子的感覺。

before

after
古德倫（尤修塔斯）
・35歲
・褐色頭髮
・戴手套

古德倫

為了與母親黎希達更加相似，眼睛做了修改。然後去掉濃妝豔抹的感覺，少點男扮女裝的刻意感，變得更像是隨處可見的中年婦人。

康拉德
・4歲 100cm左右
・栗色頭髮
・黃綠色眼睛

康拉德

與姊姊菲里妮相似的容貌，以及一眼就能看出遭到虐待的裝扮。不合身的貴族服與黯淡的表情是重點。

薩姆
25歲
・黑色頭髮
・綠色眼睛

薩姆

香月老師對於薩姆的想像便是：「身高介於法藍與弗利茲之間，體型偏瘦，長相不突出，眼尾略微下垂。」所以完全符合，一次就OK。

before

after
用辮子捲起來
漢娜蘿蕾
・10歲 135cm左右
・淡粉紫色頭髮
・紅色眼睛
・戒指 紅色

漢娜蘿蕾

頭髮長度改為長及背部。另外，兩邊的馬尾都拉出一撮頭髮編成辮了，然後在捲起來的地方加上蝴蝶結。最終完成了整體輪廓更令人印象深刻的角色。

before

after
戴莉雅
12歲
145cm左右

戴爾克 3歲
・紅褐色頭髮
・接近黑色的深棕色眼睛
・100cm左右

戴莉雅

看得出從第二部到現在經過了多少時間，戴莉雅也變成了成熟的小美女。裙襬改為長及小腿的長度。

戴爾克

一看就覺得是戴莉雅的弟弟，氣質與從前的她十分相似。看來有點臭屁又活潑。

基貝・哈爾登查爾
・45歲 180cm左右
・艾薇拉的哥哥
・深綠色頭髮、・黑色眼睛
・夏季出生 ・戒指 藍色

基貝・哈爾登查爾

從黑色眼睛就能看出是母親艾薇拉的哥哥 ，兩人的容貌十分相似。由於會討伐魔獸，體格相當健壯。散發著率領眾人的威嚴。

克拉麗莎 戴肯弗爾格
・13歲 168cm左右
・深棕色頭髮
・藍色眼睛
(與披風同色)
・秋季出生
戒指黃色

柯朵拉
・45歲
・淡紫色頭髮
・紅色眼睛

克拉麗莎

尚武的見習文官。乍看下很平凡的少女，實則有著不顧一切往前衝的性情，帶有豪邁直爽的氣息。

柯朵拉

漢娜蘿蕾的首席侍從，也是她的親族，經常給予比較嚴厲的意見。外形與某部動畫的角色十分相似?!

羅德里希 艾倫菲斯特
・10歲 143cm左右
・偏橘的褐色頭髮
・深棕色眼睛
・秋季出生、戒指黃色
・披風土黃色

洛飛
34歲 180cm左右
偏橙色的金髮
藍色眼睛
披風外側是黑色、內側是藍色
・夏季出生
・戒指藍色
戴肯弗爾格

羅德里希

體型偏嬌小，感覺有些弱不禁風。但相對地，從他置身的艱難處境，以及能夠即興編出故事的能力，可知內心十分強韌。

洛飛

想像中就是「笑容非常陽光的體育老師」。與外表不同，從設計圖就能感覺到令人退避三舍的熱血與單純的思考方式。

阿道芬妮
・14歲 162cm左右
・酒紅色頭髮
・琥珀色眼睛
・秋季出生
・戒指黃色
多雷凡赫
披風:翡翠綠

奧爾特溫
10歲 150cm左右
紫紅色頭髮
淡褐色眼睛
春季出生
戒指 綠色
多雷凡赫
披風:翡翠綠

奧爾特溫

設計圖一眼就覺得是擅長讀書的秀才。頭髮是醒目的紫紅色。千萬別錯過外傳封面。

阿道芬妮

適合露出驕傲笑容、高貴凜然的美少女，但其實也是腳踏實地認真向上的人。散發著領主候補生該有的不凡氣質。

那麼
我過幾天會去找妳討論。
由於我現在當上神殿長了，
有事的時候，變成神官長要來神殿長室拜訪。
～FANBOOK 3 全新短篇～
番外篇 某天的迎接準備
漫畫：波野涼
負責接待的人也要準備茶水與點心等等，
所以侍從們好像會比平常忙碌一點。
法藍，明天的準備工作怎麼樣了？
是的。
一切準備皆已就緒。
只不過……

關於用茶葉做的新餅乾，我還在苦惱該選擇哪種茶做搭配……
好吃！
神官長個人偏好丹柏朗這款茶，但我認為千塔里這款茶葉更適合搭配餅乾。
我也覺得千塔里比較適合喔。還是奉上茶水的時候，直接問問神官長的意見？
因為這款餅乾斐迪南大人也是初次品嘗，恐怕很難馬上選出最適合的茶葉。
法藍眞是的，有關神官長的事情就這麼費盡心思。
但換作是我的話，法藍都已經考慮了那麼多，也幫我選好了，光是這樣我就會覺得很好喝了呢。
羅潔梅茵大人……！
啊。

既然要招待神官長，要不要也拿本書過來呢？
如果能一邊看書，一邊喝著好喝的茶、吃著美味的點心，我覺得這是最完美不過的款待了！
呀—
……
嗚
羅潔梅茵大人，您不僅忘了茶葉，也把點心拋到腦後了吧。
不過，還是十分感謝您的建議，
我一定盡心準備。
法藍，準備工作加油喔。
我身為主人，也該拿出誠意好好招待……
對了！
拍

今天只是要討論事情而已，為何請樂師來演奏？
這是招待！
別人常說像是在咖啡廳這類地方，店內如果有播放音樂的話，有助於提高工作效率。
還有，這款茶葉是法藍選的喔！
偷瞄
偷瞄
其實我原本還想拿本書出來呢！
……
唉……
放下
那麼，再為我倒杯茶吧。
是！

尤根施密特領地一覽表

菲里妮整理的部分資料在此公開!!

排名	領地名	領地大小	披風顏色	徽章	舍監	主要的領主候補生	領地特色
排名外	中央	───	黑色	書與劍與樹	因是離宮，沒有舍監	亞納索塔瓊斯(六年級)	尤根施密特的中心，地域內有王宮與中央神殿。
第一名	庫拉森博克	大領地	紅色	白狼與聖杯	普琳蓓兒	艾格蘭緹娜(六年級)	石礦豐富的領地。一年有一半以上時間皆覆蓋在冰雪之下。有魔石礦山與巨大的地下城市。
第二名	戴肯弗爾格	大領地	藍色	老鷹與長槍	洛飛	藍斯特勞德(四年級) 漢娜蘿蕾(一年級)	尚武的領地。天候十分炎熱。熱愛迪塔的領地。水果種類豐富多樣。
第三名	多雷凡赫	大領地	翡翠綠色	三條蛇	賈鐸夫	阿道芬妮(五年級) 奧爾特溫(一年級)	智慧見長的領地。魔樹種類繁多，研究者輩出。由於領主會收養優秀的人才，下任領主之位的競爭非常激烈。
第四名	格里森邁亞	中領地	深棕色	牛	葉妮法		國王第一夫人的原屬領地，政變過後地位一下子提升不少。北邊產蜜。
第五名	哈夫倫崔	中領地	紫色	獨角獸	朗納杜斯		海產曾經十分有名，但國境門關閉後，海洋面積縮小中。
第六名	亞倫斯伯罕	大領地	淡紫色	海豚	傅萊芮默	蒂緹琳朵(四年級)	貿易興盛的領地。擁有尤根施密特境內目前唯一還開著的國境門。
第七名	高斯博第	中領地	茶褐色	鱷魚	加洛特	康拉汀(一年級)	庫拉森博克與中央進行貿易時的必經領地。
第八名	約瑟巴蘭納	中領地	奶油色	黑犬	尤斯圖爾		庫拉森博克的糧倉。乳製品種類非常豐富。
第九名	庫什內瑞特	小領地	綠色	豹	馬羅卡克	法蘭綺絲卡(一年級)	一直夢想著討回數百年前被哈夫倫崔奪走的國境門。※1
第十名	英蒙丹克	中領地	深綠色	熊	英格麗		目標是成為第二個多雷凡赫（智慧見長的領地）。
第十一名	朗姆布魯克	中領地	黃綠色	老虎	林庫爾德	愛兒芙羅黛(一年級)	中央與格里森邁亞進行貿易時的必經領地。
第十二名	羅爾欽	小領地	橙色	貓	蕾貝卡		深受庫拉森博克的影響。
第十三名	艾倫菲斯特	中領地	亮土黃色	獅子	赫思爾	韋菲利特(一年級) 羅潔梅茵(一年級)	過往從來不受矚目，卻突然接連推出了各種新流行。中立領地。
第十四名	畢斯曼	小領地	深紫色	大象	露迪娜		落敗領地。※1
第十五名	法雷培爾塔克	中領地	水藍色	野豬	鮑琳	盧第格(五年級)	落敗領地。艾倫菲斯特與中央進行貿易時的必經領地。
第十六名	拉斯蘭各	小領地	青紫色	烏龜	羅蘭德	瑪嘉麗塔(一年級)	中立領地。就在觀察著戴肯弗爾格會站到哪一邊時，政變便已結束。
第十七名	紐豪森	中領地	紫紅色	綿羊	納塔尼爾		落敗領地。戴肯弗爾格與中央進行貿易時的必經領地。
第十八名	藍登塔爾	小領地	青綠色	馬	奧莉維亞	達威特(一年級)	落敗領地。※1 哈夫倫崔以及庫什內瑞特與中央進行貿易時的必經領
第十九名	烏蘇瓦德	小領地	紅豆色	山羊	蘭伯特		落敗領地。※1 因海洋面積縮小中，財政陷入困難。
第二十名	關特隆普	小領地	亮藍綠色	鹿	庫妮古德	馥蕾德莉可(一年級)	落敗領地。※1 因海洋面積縮小中，財政陷入困難。

※1 這幾個領地皆是數百年前意圖謀反，從原本的大領地分裂而成的小領地。

香月美夜老師Q＆A

2018／7／2～7／16這段期間，曾在「成為小說家吧」網站的活動報告上向讀者募集提問，在此奉上回答。和上次一樣，真的有很多問題都只是枝末細節，讓我驚訝讀者們竟連這種事情也想知道嗎？這次也盡可能多回答了些問題。

香月美夜

Q尤根施密特的徽章＝王族的徽章嗎？

A現在是這樣沒錯，但很久很久以前只有國王能使用。

Q看了尤根施密特的全國地圖以後，被廢與落敗的領地好像都集中在東邊。一般來說應該會有來自落敗領地的拉攏，為何當初艾倫菲斯特能夠保持中立呢？

A因為一方面既有來自法雷培爾塔克、卓斯卡與孛克史德克的籠絡，一方面也有庫拉森博克與亞倫斯伯罕的牽制。加上當時前任奧伯．艾倫菲斯特臥病在床，無法代表領地做出重要決定。齊爾維斯特當上領主後，母親又強硬主張應該跟隨她的後盾亞倫斯伯罕；但是，也不能不理會既是二姊夫家、也是妻子娘家的法雷培爾塔克。優柔寡斷的齊爾維斯特因為無法從中做出選擇，就這麼維持了中立的立場。

Q感覺貴族院位在非常偏僻、漫天飛雪的深山當中，那麼距離中央所在的城市到底有多遠呢？面積有多大？

A貴族院是利用轉移陣才到得了的地方，所以無法說明離中央有多遠。面積的話大概跟小領地差不多。

Q關於尤根施密特的地圖，除了亞倫斯伯罕以外，哈夫倫崔、庫拉森博克、約瑟巴蘭納等領地是否也與海洋相接？

A是的。但是，除了唯一還開著國境門的亞倫斯伯罕，其他地方海洋的面積都在逐漸縮小。

Q我認為領地會有排名，有部分也是為了防止領地間發生戰爭。排名在下的領地，似乎都不能違抗排名比自己高的領地，但這樣的無形壓力究竟有多少強制性？如果是物理上離自己很遠的上位領地，還有必要唯命是從嗎？

A如果是個人之間，有時就算做出反抗的舉動，也不會發展成太大的風波就平息；有時則會連累整個領地，導致大家都蒐集不到情報，因此被自領的人冷眼相待。倘若個人之間的衝突太過嚴重，奧伯還會在領主會議上被上位領地責怪和挖苦，領主事後更會找來父母，直接訓斥一頓或降下處罰。

如果是領地之間，大概就是不僅在領主會議上，連在貴族院內，整個領地都會遭到明顯的冷落與排擠。物理上隔著遙遠的距離時，雖然確實不太可能突然發動攻擊，但端看與周邊領地的關係，也有可能帶來貨物無法流通之類的害處。

Q在艾倫菲斯特，貴族與平民斷絕往來的情況十分嚴重，其他領地又是如何呢？

A只有貴族區與平民區斷絕往來的情況很嚴重而已。同樣在艾倫菲斯特，像伊庫那與哈爾登查爾這種由基貝治理的土地，有很多都與平民沒什麼距離。貴族與平民分別住在不同的區域，這件事本身也不稀奇。全看管理直轄地的貴族對平民的生活有無興趣，此外程度雖有差異，但每個領地皆有斷絕往來的情況。

Q貴族除了結婚，和因為結婚所帶來的影響外，也會轉籍到其他領地嗎？（例如退休之後為了自己的研究興趣，有可能轉籍到其他領地嗎？等等。）

A只要自領與新設籍的領地領主同意，就可以轉籍。只不過，由於功績也會悉數轉移到新領地，所以越是優秀的人才越難取得同意，需要有高明的交涉手腕。

Q冬之主只出現在艾倫菲斯特嗎？其他領地有夏之主嗎？

A格里森邁亞與約瑟巴蘭納之間也會出現冬之主。夏之主會出現在戴肯弗爾格。

Q想問有關貴族院的事情，貴族院所在的中央有平民居住的區域嗎？還有如果中央貴族的小孩會住進父母原屬領地的宿舍，那難道沒有代代住在中央、土生土長的中央貴族嗎？

A中央裡頭雖有平民居住的區域，但貴族院內並沒有。貴族院裡的平民都是下人，附屬某個領地的宿舍。至於代代住在中央的土生土長貴族，就叫作王族。

Q貴族院上去還有其他高等教育機構嗎？還是說若想成為某方面的專家，只能拜他人為師，才有繼續深造的機會？

A並沒有其他高等教育機構。只能跟著父母、貴族院的老師或者工作地方的前輩等等，繼續進修學習。

Q各領會在貴族院內飼養雞或乳牛之類的家畜嗎？負責照顧的人隸屬哪個單位？

A貴族院內不會飼養家畜。食材皆是利用轉移陣從領地送來。

Q感覺貴族院宿舍的隔音效果不好，好像沒什麼個人隱私，難道連宿舍裡的領主夫婦房間也一樣嗎？因為小說中黎希達的怒吼聲連在樓下也聽得到，所以我猜托勞戈特的房間離樓梯很近，而且可能所有房門都是沒有厚度的木門。加上後來還拜託柯尼留斯去門外叫人，應該是沒有隔音功能的室內用門吧。

A由於近侍始終隨侍在側，其實不只聲音，領主一族本來就毫無隱私可言。除非躺上床拉起布幔，或者進入秘密房間，否則什麼都被看光光，也什麼都被聽光光。不過，房門是有厚度的木門喔。黎希達的聲音之所以傳到樓下，是因為前一天才被罵過的托勞戈特不肯讓她進房，她只好站在走廊上訓斥。此外，會叫柯尼留斯去門外喊人，是為了向侍從傳話，並不是要提高音量說給房裡的本人聽。

Q 想知道住在貴族院宿舍裡的究竟有哪些人。我知道有學生和成年侍從，但成年侍從的侍從（因為貴族服好像無法獨自穿脫）和護衛這些人呢？平民下人除了廚師以外，還有其他的嗎？

A 成年侍從不會再帶侍從前來，都是一起住在通舖，幫彼此穿衣服。生活上如果還有需要幫忙的地方，會麻煩宿舍裡的下人。

Q 領主候補生近侍們的侍從，也會跟著領主候補生到處移動嗎？另外也想了解還是學生的侍從要負責哪些工作及其內容。

A 侍從的工作是打理主人的生活起居，所以除了領主候補生的侍從外，基本上都會待在宿舍。就連在領內，除了領主一族與基貝，一般貴族也不會隨身帶著侍從。頂多有事的時候搖鈴叫人。侍從的工作內容有幫忙主人洗臉與更衣、服侍用餐、打掃房間，還有準備沐浴、茶水，為主人做好就寢準備（用類似熨斗的魔導具溫熱棉被）等等。

Q 在貴族院這個組織中，有類似校長和副校長的人物嗎？

A 王與王族便是貴族院的最高負責人。

Q 貴族院是如何決定優秀者的人數？尤其每個年級的領主候補生人數似乎都不一樣，所以我很好奇是依相對分數來決定優秀者的比例或者人數；還是依絕對分數，只要達到既定以上的分數就能成為優秀者？

A 是依絕對分數來決定。只要得分在幾分以上便是優秀者。當中成績最好的人是最優秀者。說得極端一點，所有人都成為優秀者也不是不可能的事。

Q 貴族院有所謂的成績通知單嗎？

A 個人能知道的，只有各科目的考試結果而已。綜合成績會送到領主手中，在往後分配所屬單位時當參考。

Q 在貴族院這個組織中，各領出身的貴族想要轉籍到中央時，需要辦理怎樣的手續？需要領主的許可嗎？還是有中央的許可就足夠了？

A 首先要擁有足以獲得表揚的成績，然後在修習專業課程時，得到成為師父的老師推薦，再由老師向王族提出申請。王族若接受了申請，便會在領主會議上詢問領主的意願，只要領主同意，就能轉籍至中央。但由於是優秀的人才被搶走，也有領主並不樂意。如何能讓領主點頭，本人的事前準備工作也很重要。

Q 舍監以外的教職員，會在宿舍內與原屬領地的學生交換情報，或是提供協助嗎？

A 偶爾是會邀請原屬領地的學生來自己的研究室，互相交換情報，或是傾聽學生個人的煩惱，但不可能在宿舍裡有這種互動。因為若牴觸到了舍監的方針，只會給自己帶來麻煩。

Q 所有科目是固定每年由同一位老師教授嗎？文官課程畢業的老師有可能在其他專業課程授課嗎？

A 低年級的共同科目是由所有老師輪流教授，但如果是專業課程，不可能由文官課程的老師去教授騎士課程的科目。

Q 貴族院裡出現的教職員工，有已是中央貴族還兼任舍監的老師，以及無名的下人們，但我想應該還包括一些年輕的助手吧。那些助手與下人是怎麼雇來的呢？

A 像索蘭芝這樣不是舍監的老師也很多喔。只是書寫本傳的時候，難免與舍監有更多交集。年輕的助手會在拜為師父的老師推薦下，成為中央貴族。由於王族都會派人駐守在貴族院負責監督，所以不會再安排面試。全看那名王族是否接受老師的推薦。下人則是從中央王城雇用的人手中，隨意派些人過來。貴族院雖位在尤根施密特的中心，但對於當僕役的平民來說，等於是到荒郊野外出差。

Q 「第四部Ⅲ」畢業生的入場順序是根據領地排名，但如果男女伴的所屬領地排名更高，會優先考慮他們的排名嗎？還是一律以畢業生為基準？

A 以畢業生為基準。倘若男女雙方皆是畢業生，入場順序是依排名高的那方。

Q 斐迪南大人當年在畢業儀式上負責跳哪位神祇呢？以他的實力，我想應該是「黑暗之神」，但依領地的排名，又可能是沒什麼人氣的「生命之神埃維里貝」，抑或是「候補人員」？

A 當年他負責跳生命之神埃維里貝。既是帶領領地的領主候補生，自領的排名當然也算在實力裡頭。所以，說以實力來看應該跳「黑暗之神」並不正確。

Q 原為青衣的貴族在中途入學後，所接受的填鴨式教育是不分入學年齡，一直持續到成年為止嗎？

A 因為申請了特別措施，即便已年過十五，入學後的六年期間都不會被退學。留級也是有可能的。但是，由於貴族要畢業才算成人，所以只要一天不畢業，就一天不算是成年人，會對婚事與工作帶來嚴重影響。因此原為青衣見習神官及巫女的貴族們都是在貴族院待上一整年的時間，拚命死背苦讀。

Q 羅潔梅茵大人開始提升整體成績之前與之後，艾倫菲斯特的學生們取得「神的意志」的地點有變化嗎？還是並無差異？

A 不太明白羅潔梅茵提升的整體成績是指哪一方面。如果是學科成績的整體提升，並不會影響到魔力。倘若是指魔力壓縮，那採集地點確實會有變化，只不過大家都是在讀完一年級以後才習得魔力壓縮法。依現在一年級便採集「神的意志」的課程安排，地點不會有什麼改變。

Q 貴族院是在哪個時期從三年級改為一年級就去採集思達普？斐迪南與艾克哈特是三年級時取得，黎希達那一代是畢業時？

A 由於第一王子席格斯瓦德想盡早取得，就更改了採集時間。斐迪南與艾克哈特是在三年級時取得；黎希達那一代是畢業之前。改成三年級時取得，則是在索蘭芝畢業後不久。

Q 騎士團員除了守衛城堡與領地邊界，以及討伐陀龍布與冬之主外，還會負責哪些工作？

A 基本上就是守衛與討伐。有的時期與地點經常有魔獸出沒，所以也要輪流前往巡視。除此之外，訓練也是重要的工作之一。

Q 並不專屬於任何人、平常另有工作的男性侍從，在學生去就讀貴族院的時候都在做什麼呢？雖然沒有產假，但可以趁這機會放個長假嗎？

A 既然是侍從，陪同學生前往貴族院就是他們的工作吧？多數情況，都是由學生家裡的侍從負責同行。若非如此，便由父母與雇主交涉，借來侍從一用。

Q 發現韋菲利特的教育出了問題時，若是換掉所有近侍或將他廢嫡，會讓薇羅妮卡派的貴族們感到不安和傷腦筋吧？是因為齊爾維斯特不想太過迫害薇羅妮卡派嗎？或者只是不想一下子改變孩子的周遭環境？

A 因為舊薇羅妮卡派在齊爾維斯特心目中，也是自己所屬的派系啊。頂多會想削弱派系的力量，從未想過徹底鏟除。況且都已經懲罰母親了，接下來他只想平和地帶領眾人。只要沒有確切的證據與薇羅妮卡一起偽造公文或貪汙舞弊，即便存有嫌疑他也不予追究。

Q 家系圖裡出現的賽拉迪娜是親生母親嗎？或者只是公式化的假名？

A 是斐迪南的親生母親。

Q 被關在白塔中的薇羅妮卡大人是怎麼打理自己的生活呢？有看守兼侍從嗎？白塔與監牢裡的侍從是平民嗎？

A 有侍從和看守兼騎士。另外也有平民，但因為三餐只能透過轉移陣運送，所以其中一人會有魔力。

Q 領主的孩子們在受洗前過著怎樣的生活？小說中只提到一整天都會待在兒童房裡，那有自己的房間嗎？能與父母相處的時間有多少呢？

A 兒童房只有一間，並沒有自己的房間。早餐過後到開始工作的第三鐘，是能與父母相處的時間，還有晚餐時的睡前問候。另外就是假日吧。

Q 這個世界女性的孕期有幾天呢？灌注魔力會讓孕期延長嗎？

A 孕期不會因魔力而有改變。就和平民一樣。每個人或多或少有些差異，但差不多都是九個月。

Q 沒有血緣關係的外人若侵占了一家之主的位置，這種行為不構成犯罪嗎？

A 除非侵占時殺了原本的主人，便會因殺人而被問罪，但除此之外並不構成什麼罪責。一般會認為是一家之主沒能守住自己的位置。

Q 貴族似乎有領主候補生、騎士、文官與侍從這四種，請問人數的比例為？

A 目前（以貴族院一年級生時來計算）騎士占五成，侍從約三成，文官約兩成，領主候補生則是兩人。比例會因時代不同而有很大的差異。而且因為貴族院能帶成年侍從同行，說得極端一點，就算沒有見習侍從也能照常生活；就算沒有見習文官，也能順利完成貴族院的作業。但是，就只有騎士的人數若不夠多，便無法在貴族院保護領主候補生。在艾倫菲斯特，女騎士的人數會因女性領主候補生的有無而有大幅變動。女騎士較少的時期，見習侍從便較多。

Q 貴族因為要上課的關係，上級、中級、下級的魔力基準為全領共通。但是另一方面，若單看上位的上級貴族與領主候補生，各領之間應該有很大的落差吧？
（譬如上位領地中與領主有血緣關係的上級貴族，魔力還比下位領地的領主候補生高之類的。）

A 沒錯。比如屬於庫拉森博克領主一族旁系的上級貴族，通常魔力量都比艾倫菲斯特的領主候補生要高。

Q 貴族會更換職業嗎？（例如騎士受傷以後改當文官，或是侍從改當文官。）

A 因為都要依照當初在貴族院選擇的專業課程，基本上不會更換職業。如果修習了複數的專業課程，成績也得到認可，那麼所選課程的工作都可以做。但是，騎士就算受了傷也不會改當文官，還是會以騎士的身分留在騎士團，處理文書工作。

Q 關於艾倫菲斯特的貴族派系，請問薇羅妮卡派與喬琪娜派現在是怎樣的關係？齊爾維斯特派呢？

A 當初薇羅妮卡是直接接下了母親嘉柏耶麗所成立的派系。她與領主結婚以後，見風轉舵的中立派便加入她的陣營，在喬琪娜預計成為下任領主時，薇羅妮卡派＋喬琪娜派＋中立派統稱為薇羅妮卡派。之後隨著齊爾維斯特受洗、喬琪娜出嫁、前任領主死亡，在梅茵成為養女之前，薇羅妮卡派便融合了薇羅妮卡派＋部分前任領主派＋喬琪娜派＋中立派。齊爾維斯特的近侍們因為皆由母親指派，所以在這個階段，貴族們普遍認為薇羅妮卡派＝齊爾維斯特派。後來在逮捕薇羅妮卡的同時，也捉了一些薇羅妮卡派的元老成員。再後來因為喬琪娜的來訪，開始蠢蠢欲動的喬琪娜派＋部分薇羅妮卡派便試圖在暗地裡將韋菲利特拱為領導人。這些貴族與其說是反齊爾維斯特派，更可說是反羅潔梅茵派。現在的齊爾維斯特派則是部分前任領主派＋部分薇羅妮卡派，但坦白說多數並不可信。

Q 書中曾說，在伊庫那做事的貴族曾一度減少，然後又慢慢回來。那麼這些人之前去哪裡了？我想要到奧伯底下做事應該不容易，所以是投靠了其他基貝嗎？那如果是在自領裡頭，這些附屬於基貝的貴族很容易就能遷移戶籍囉？

A 確實是投靠了其他基貝。只要在艾倫菲斯特內，不管搬去哪裡都相對容易。由於基貝經常在換人以後就轉投其他陣營，所以貴族們為了自保，只要覺得自己的理念與基貝不合，就會果斷離開。

Q 假如齊爾維斯特沒有出生，或者生來是女孩子的話，那麼以領主一族身分養大的卡斯泰德是否就會與喬琪娜結婚，成為領主的伴侶？或者有可能由他成為領主嗎？

A 是的。在那種假設下，喬琪娜將不會接受下任領主的教育，而是由卡斯泰德當上領主，喬琪娜則成為第一夫人。萊瑟岡古派與舊薇羅妮卡派雖會因為第二夫人的關係而有一定程度的對立，但艾倫菲斯特也會頗為平和地凝聚起來。只不過，政變時會無法再保持中立，斐迪南身為奧伯唯一的兒子，將比現在更沒有容身之處、同伴更少，梅茵也不會成為羅潔梅茵了吧。

Q 《Fanbook2》曾提到尤修塔斯的前妻是薇羅妮卡派的女性貴族，尤修塔斯因為擔心危害到斐迪南，便與她離婚了。斐迪南曾說：「如果尤修塔斯沒離婚，真想讓羅潔梅茵當他的養女。」這是因為想讓羅潔梅茵擁有薇羅妮卡派的女性貴族當養母嗎？

A 斐迪南會這麼說，是因為在保守秘密與共享情報上，與尤修塔斯溝通起來更方便。感覺比較像是「如果尤修塔斯還沒離婚，就可以什麼都不必多想，把人交給他。」但因為尤修塔斯離婚了，斐迪南也知道不可能，並不是考慮到派系才那麼說。

Q 以魔力的容器來說，體格越好的人好像越有利。那麼胖瘦與巨乳或平胸也會有影響嗎？

A 成年的羅潔梅茵，容器自然會比小時候的羅潔梅茵要大，僅此而已，跟體格的優劣無關。比起體格，魔力壓縮帶來的影響更大。

Q 我認為卡席克與約娜莎拉的行為非常不道德，如果不像舊薇羅妮卡派那樣，是在沒有後盾的情況下強占家主之位，應該會對人際關係帶來負面的影響，不曉得他們要怎麼度過這個難關？因為我想一旦被人知道，應該會帶來影響吧。

A 其實最大的受害者是康拉德，但他因為還沒受洗，不會被算在內。除非犯下重罪，像是殺了菲里妮後把戶長之位搶過來，否則頂多就是遭到菲里妮母方親族的抨擊與孤立，也在惹火羅潔梅茵後無法進入主流之列。大概只有舊薇羅妮卡派會接納他們吧。

Q 我在小說中看到侍從也有侍從，那麼他們是如何打理自己的生活呢？倘若貴族的侍從也是貴族，也把生活起居交由他人打理，那麼侍從簡直就像念珠一樣無止無盡……哇～

A 能夠雇用貴族侍從的，只有領主一族、上級貴族、基貝與部分中級貴族而已。頂多到上級貴族能夠每人有一個專屬侍從，中級貴族是一戶裡有一名貴族侍從，其他則由當不了貴族的親族負責侍從該做的工作。下級貴族家裡更是鮮少有貴族侍從。

Q 能當領主候補生的只有現任奧伯的孩子（親生孩子與養子女）嗎？還是現任奧伯的孫子、已引退的前任奧伯的未成年孩子等等也包括在內？

A 根據時代與領地的情況會有所不同。即便不是領主的孩子，只要領主承認，領主一族的孩子也能成為領主候補生。就好比卡斯泰德曾是領主候補生那樣。

Q 除了被視為下任領主的領主候補生外，其他領主候補生也要學習如何治理領地嗎（男女性都是）？

A 因為日後有可能出嫁或入贅至他領，多少要學習如何治理領地。但是，跟下任領主要學的量比起來少很多。

Q 領主一族以外的貴族也會雇用護衛騎士嗎？

A 不，只有領主一族與基貝會有護衛騎士。一般貴族出遠門時，是以個人名義雇用護衛。

Q 領主候補生的孩子降為上級貴族時，家族名是如何決定的呢？

A 因為是成立新的家族，會由領主命名。

Q 貴族的墳墓和平民一樣葬在公墓嗎？還是設在宅邸的占地裡？

A 喪禮時青衣神官會取出魔石，遺體便會消失。因此葬在墳墓裡頭的，其實只有死者的日常用品與魔石。魔石有時也會被拿來使用。

Q 在搬運行李時出場的「下人們」是什麼身分呢？

A 皆是平民。也有在貴族人家出生，但沒有以平民身分受洗的人。雖然一輩子也無法離開出生家庭，但食衣住無虞。

Q 在羅潔梅茵向商人們說明貴族院情形的場景裡，公會長聽到庫拉森博克時曾做出反應。所以即使羅潔梅茵沒說，商人們也有管道能得知領地的排名嗎？還有他們在做事情的時候，也都會考慮到領地的排名嗎？

A 雖然不是馬上能得到消息，但領地的排名上升時，老客戶就會吩咐說：「今年因為是第幾名，麻煩準備對應的品質。」而且來自第一順位領地的商人，往往也會表現得十分傲慢。會在多個領地間往返的旅行商人更是熟知領地排名。有時也會從他們那裡獲得消息。通常越底下的人，對於排名越是敏感。所以當然，做事時都會考慮到領地排名。

Q 貴族院學生的侍從好像一般都是叔父或叔母等親族，從現代的角度來看，就是親戚還得服侍晚輩，感覺滿奇怪的。對貴族來說，不會覺得自己是輩分高的親戚，反而能理智地單純視為工作嗎？

A 畢竟這就是他們的工作，也能拿到薪水啊。而且因為都是親族會比較好說話，還有等自己孩子要就讀貴族院時也會麻煩對方，其實就只是互相幫忙。要是真的無法接受，那拒絕就好了。

Q 兒童用的魔導具可以戴到幾歲呢？如果在菲里妮進入貴族院就讀後，康拉德的魔導具便被搶走，那菲里妮的魔導具呢？

A 菲里妮的魔導具還是菲里妮在使用。因為要是情感突然有劇烈起伏，導致魔力失控就不好了，所以貴族通常到死為止都會戴著。

Q 康拉德魔導具所用的「母親的魔石」，就是指從逝世母親身上取出的魔石吧？既然說過是用此製成的魔導具，代表魔導具本身就使用了母親的魔石嗎？

A 是的。因為魔石的容量要能夠承受日後將成為貴族的人的魔力，所以不能使用當不了貴族的親族的魔石，適合做成魔導具的死者魔石也很難取得。此外，若沒有上級貴族以上的魔力，也很難做成魔導具。

Q 在〈菲里妮的家務事〉篇章中，斐迪南曾使用「很像公會證的卡片」，但其他貴族在結算時好像從沒用過這種卡片。是因為未成年人還不能使用，所以先前沒在羅潔梅茵面前出現過嗎？

A 沒錯。因為未成年人不能使用，所以羅潔梅茵之前從未看到過。而且這種卡片也和平民的公會證不一樣，因此在城堡購買書本時仍是使用現金。不過，達穆爾在神殿幫忙時，斐迪南就是用卡片支付給他報酬。

Q 如果有兩份魔法契約的內容互相牴觸，會在制約下無法簽訂嗎？

A 若有牴觸，契約書在簽訂時就不會燃燒。

Q 魔法契約若與獻名的內容有衝突，會有什麼結果呢？

A 明知有衝突還簽約的人，我想應該會死吧。

Q 刺繡完成以後，布料背面應該會亂七八糟的吧……若往布料的正反面注入魔力，只有正面的美麗刺繡具有魔法效果嗎？

A 可能是我們想像的針法不一樣。魔法陣的刺繡是採用輪廓繡與緞面繡，正反面的圖案看起來會差不多。其他混淆用的刺繡則使用了各種針法，所以有些地方的背面確實會亂七八糟。

Q 戒指上魔石的貴色不同，效果也有差嗎？如果戒指上的魔石不是誕生季節的貴色，使用魔力時會有影響嗎？

A 根據魔石的貴色，便於操控的屬性也不一樣。由於大部分人基本上都擁有出生季節的屬性，再加上小孩子還不會有意識地操控魔力，所以給予帶有出生季節貴色的魔石是最保險的。

Q 羅潔梅茵從尤列汾藥水中醒來後，凝固的魔力還是沒有完全融解，那為什麼沒再安排製作尤列汾藥水的計畫呢？

A 因為情況不同以往，她身邊多了不少近侍，很難再暗地裡蒐集材料。加上斐迪南認為等她再大一點，就會在課堂上學到尤列汾藥水，屆時再讓她與近侍們一起去採集貴族院（中央）的高品質原料就好。

Q 是否還有其他魔法也像洗淨魔法這麼方便，能在日常生活中使用呢？還有詠唱咒語後就能使用的魔法嗎？

A 由於擅長與否也要看個人擁有的屬性，並不是所有人都覺得方便。總不能因為屬性不足，就無法過正常的生活。因此才發展出了只要有魔力，任誰都能使用的魔導具。而且為了盡量節省魔力，魔導具也經常被一再改良，所以一般的貴族都覺得使用魔導具比詠唱咒語要輕鬆。

Q想問有關護身符的詳細問題。護身符是一次性的嗎？如果可以重複使用，條件是什麼？另外，護身符有辦法大量佩戴嗎？

A是否為一次性端看製作方式。也有的護身符可以重複使用多次，但通常需要補充魔力。大量佩戴護身符是有可能的。像羅潔梅茵身上就戴著斐迪南給的好幾樣護身符。只不過，會即時補充魔力的重複使用型護身符，即便遭到攻擊或在戰鬥途中，仍會強制性地吸取魔力。根據使用者的魔力與當下情況，有時護身符反而會給使用者帶來危險。

Q斐迪南能夠信任的人很少，那卡斯泰德當初是怎麼成為他的朋友呢？

A因為卡斯泰德曾是齊爾維斯特的護衛騎士。在齊爾維斯特因為有了弟弟而興奮到失控時，是他竭力保護了備受折騰的斐迪南。比起齊爾維斯特，幼時的斐迪南反而更信任會適時阻止他的卡斯泰德。

Q卡斯泰德的第三夫人羅潔瑪麗是什麼樣的人？膽敢反抗既是上級貴族，還是第二夫人的朵黛麗緹，又有那麼惡質的親戚……感覺這號人物不簡單。

A正如讀者的推測，她是那種看人行事的小惡魔類型，十分擅長撒嬌。這種類型通常深受男性喜愛，但女性會非常討厭。

Q約娜莎拉的孩子已經買到魔導具了嗎？

A目前還買不起。如果真的想讓孩子以貴族身分活下去，其實約娜莎拉也可以把自己的魔導具給他，並在自己的魔力增加過度之前，為宅邸裡的魔導具提供魔力，過著形同下人的生活。但因為她本是貴族，壓縮過魔力，魔力量會不斷增加，大概無法久活於人世吧。如果她選擇犧牲自己而不是康拉德，菲里妮也會對她另眼相看，敬佩她的母愛，並且積極地保護異母弟弟吧。

Q菲里妮姊弟因為實質上放棄了當家主的權利，我的解讀是菲里妮家現在並沒有名正言順的家主。在領主那邊的登記，會把家主改成約娜莎拉嗎？還是說卡席克因為是前任家主的配偶，仍由他負責掌管？

A其實截至目前為止，孩子們因為還未成年，父親卡席克一直是代理戶長。康拉德因為進入神殿，已經徹底放棄了自己的權利，但菲里妮只是轉到羅潔梅茵的庇護下，依然是貴族。只要菲里妮在成年時主張自己的權利，就能成為名正言順的戶長。倘若放棄，卡席克就會完全擁有掌管那個家的權利。

Q菲里妮與父親斷絕關係後，她在城堡以及明年開始在貴族院的侍從，該怎麼與人簽約呢？

A由成為她後盾的羅潔梅茵負責安排。只要菲里妮提出請求，應該會去委託母方的親族伊絲貝格吧。比起卡席克去開口拜託，相信伊絲貝格也會更高興。

Q倘若菲里妮的母親沒有去世，打算怎麼為康拉德準備魔導具呢？

A應該暫時會讓他為宅邸裡的魔導具提供魔力，然後慢慢存錢，用祖先的魔石製作一個新魔導具。祖先的魔石放在只有宅邸主人能夠取得的地方，所以並非正式主人的卡席克無法觸碰。等到菲里妮成年，會由她繼承吧。

Q古德倫知道尤修塔斯扮成女裝時，是用姊姊的名字嗎？

A尤修塔斯變裝時用的假名有好幾個，古德倫也知道偶爾會用自己的名字。她還會再細查尤修塔斯提供的情報，然後交給自己的主人。算是各取所需。

Q古德倫（本人）對於尤修塔斯的男扮女裝作何感想呢？

A她的感想就是「別給我造成麻煩就好」。

Q羅潔梅茵曾發下豪語說要培育文官，但實際上究竟要有哪些技術？需要多少人？該培訓多長時間？羅潔梅茵大人真的都知道嗎？

A因為技術皆由平民負責提供，所以文官的培育上，需要有人能在城堡負責販售、有人能負責與平民區以及各基貝土地裡的印刷協會聯絡、有人能記下所有流程並在向他領推廣時負責下達指示等等，其實就是照著她自己至今做過的，栽培可以分配這些工作的人。至於需要幾個人，端看要擴展到什麼程度，培訓期間大概是兩年吧。就和栽培灰衣神官們一樣，她打算分配給每個人不同的工作。

Q「第四部Ⅲ」裡面斐迪南被比喻為長椅時，他為什麼感到不滿呢？

A因為他自認為勞心勞力在照顧羅潔梅茵，她卻一副十分不滿的樣子。

Q神官長的誕生季節設定上是「春天」。這也就是說，其實並不曉得確切的出生季節囉？難道不能利用四種貴色，看神官長更容易操控哪種屬性來判定嗎？

A由於神官長是相當平均的全屬性，無法從哪一屬性的魔力更容易操控來判定。

Q神官長為何要把魔力量設成秘密房間的出入條件？個

人的秘密房間似乎由個人進行登記即可，他卻設了魔力量為出入條件，這有什麼用意嗎？

A因為如果僅以個人進行登記，只要利用在他死後取得的魔石，他人也能打開秘密房間。但如果有了魔力量這個出入限制，就無法僅靠魔石入內。

Q對於會說話的魔劍斯汀略克，貴族院裡的人都是什麼反應呢？老師們有沒有發現那是斐迪南的聲音？

A安潔莉卡因為把魔力都用在訓練與魔劍的培育上，在貴族院內很少讓斯汀略克開口說話。頂多只有在房裡針對當天的訓練情況，召開個人反省會時而已。就算有人聽到了，大概也會以為她在練習腹語術，把她當成怪人吧。

Q為什麼首次見到羅潔梅茵的時候，哈特姆特沒有提起自己的母親？他曾想過要宣傳自己吧？

A因為問候時要提及戶主的名字，哈特姆特只是照著既定形式問候而已。他沒想到羅潔梅茵根本不知道雷柏赫特既是芙蘿洛翠亞的近侍，還是自己侍從的丈夫，腦中對這名字留下的印象只有：「呃……我好像在萊瑟岡古派的親族名單上看過。但還是不太敢肯定呢。」他本來還打算問候完後，再表明自己是她近侍的兒子，藉機好好宣傳一番。可惜啊。

Q齊爾維斯特就讀貴族院時，帶去貴族院的侍從是誰呢？

A是韋菲利特首席侍從奧斯華德的父親，如今已經亡故。

Q奧斯華德有多優秀呢？自從韋菲利特的廢嫡危機解除，他在那之後表現出來的一言一行，實在很難讓人覺得他優秀。

A在薇羅妮卡眼中，他可是絕對不會違抗自己、非常忠心又優秀的侍從喔。

Q韋菲利特就讀貴族院時，與其他領主候補生相比起來有多麼優秀呢？既然能成為優秀者，我想他的表現應該相當出色，但在本傳裡頭，被羅潔梅茵徹底蓋過的感覺始終揮之不去……

A因為他才一年級而已啊。而且既然是領主候補生，能夠成為優秀者也不奇怪。旁人的感想大致如下：「他在來貴族院之前，真的很認真預習過了吧。」「還能取得與上位領地相差無幾的成績嗎？不錯、不錯。」

Q關於羅潔梅茵與韋菲利特的婚約，很好奇對於兩人魔力的差距，監護人們是怎麼想的呢？

A因為首要之務，就是把掌握了所有新流行的羅潔梅茵留在領內。斐迪南的想法是：「既然平民在瀕死的情況下能壓縮出這樣的魔力量，韋菲利特是領主一族，應該能比羅潔梅茵更輕易地增加魔力吧。都已經學了魔力壓縮法，又同意訂下婚約，自然該有這點程度的努力。」至於卡斯泰德與齊爾維斯特，都認為兩人的魔力量若不相當，再讓韋菲利特迎娶魔力量相當的第二夫人就好了。

Q黎希達在薇羅妮卡與喬琪娜身邊都服侍過一段時間，但兩人對斐迪南或者齊爾維斯特的虐待，有巧妙到連聰明的她也無法察覺嗎？

A黎希達多少還是知道的。但是，因為薇羅妮卡說領主候補生為了成為下任領主，必須要有能排除他人往上爬的力量，所以命她不准干涉。她覺得太過分的時候，就會通知前任領主，並在徵得許可後趕去救人。

Q政變之前，芙蘿洛翠亞與現任奧伯．法雷培爾塔克處在怎樣的地位？

A兩人皆是領主第三夫人的孩子，以年紀來看，也幾乎都無望成為下任領主。還和第一夫人的孫子差不多大。

Q想知道波尼法狄斯、齊爾維斯特、芙蘿洛翠亞與喬琪娜在就讀貴族院時的成績表現如何（例如獲得優秀者的次數等等）？

A波尼法狄斯以領主候補生來說，留下的成績普普通通；因為他多修了許多騎士的課，把心力都放在那邊。齊爾維斯特是高年級時獲得過兩次表揚，努力要向芙蘿洛翠亞展現自己優秀的一面。芙蘿洛翠亞因為是第三夫人的孩子，為了不引人注目和引來無謂的嫉妒，都刻意維持在只差一步就能成為優秀者的成績。喬琪娜在接受下任領主的教育時一直是優秀者，但不再是候補人選後，便不再認真修習領主候補生課程，並且調整時間去修文官課程的課。

Q克莉絲汀妮隸屬哪個派系呢？從她與羅潔梅茵毫無交集這點來看，我猜是薇羅妮卡派？可是，我記得薇羅妮卡派的中心人物是中級貴族。克莉絲汀妮是上級貴族，還是說隸屬艾薇拉的派系？

A她是薇羅妮卡派。只是中心人物為中級貴族，並非派系內完全沒有上級貴族。克莉絲汀妮回到貴族社會時，正好是薇羅妮卡派的全盛期。那段時間，上級貴族紛紛向薇羅妮卡俯首聽命。身為愛妾女兒的克莉絲汀妮，就是為了嫁給薇羅妮卡派的貴族才回到貴族社會。

Q很好奇只在對話中出現的克莉絲汀妮大人後來怎麼樣了呢？因為隸屬敵對派系的關係，已經被排除了嗎？還是當著沒臺詞的路人角色默默過自己的生活？或者已經嫁往他領，還是在中央當樂師？

A還沒有被排除喔。她當著舊薇羅妮卡派貴族裡的一員，靜靜過著自己的生活。

Q 羅吉娜在貴族院時，一天都是怎麼度過的呢？已經知道練琴時間與舉辦茶會時她都要在場，但除此之外的時間，她都待在底樓，還是在房間的角落負責彈琴呢？

A 用餐時間會在餐廳裡負責演奏。這是被派來宿舍的樂師該做的工作。除此之外，就是應主人的要求彈琴。至於羅吉娜，也有不少時間是待在底樓的房間裡寫樂譜。

Q 「第四部Ⅲ」裡頭，弗利茲曾分析過吉魯與薩姆的忠心，那麼在他看來，法藍效忠的對象是誰呢？

A 他大概會覺得法藍與薩姆不同，對羅潔梅茵大人本人也十分忠心，只不過還是更效忠於神官長吧。

Q 「第二部Ⅱ」裡斐迪南曾贈送寢具給梅茵，戴莉雅身為間諜，有沒有向當時的神殿長報告此事呢？那麼有招來不名譽的誤解嗎？

A 戴莉雅有報告喔。但是，並沒有招來不名譽的誤解。因為斐迪南早已提出過申請，說：「我想從梅茵捐給神殿的獻金中，撥出部分費用讓她能維持青衣見習巫女該有的體面。」前任神殿長當時便回道：「絕不能用神殿的錢！叫梅茵自己出，不然就你自己出！」所以老早就打算讓斐迪南負擔所有費用。

Q 「第二部Ⅳ」最後，梅茵給出全屬性的祝福後，斐迪南收到了怎樣的祝福呢？後來的劇情裡面，並沒有像達穆爾那樣描寫到祝福帶來的恩惠，所以想麻煩補充說明。

A 斐迪南並沒有祈求過什麼恩惠，所以還沒有肉眼可見的恩惠表現在他身上。等哪一天斐迪南向諸神祈禱，祝福就會顯現了吧。

Q 斐迪南出席畢業儀式時護送的女伴是誰呢？會是黎希達嗎……

A 由於前任領主病得不輕，在一名原為艾倫菲斯特領主一族的女性來探望時，前任領主便拜託她當斐迪南的女伴。是位與黎希達差不多大的婦人。她嫁給了孛克史德克的上級貴族，後來遭到處刑。

Q 斐迪南在領內與領外的評價可說是雲泥之別，果然是因為當時的學生們都懼怕薇羅妮卡，所以誰也不敢報告他在貴族院的事蹟與傳聞嗎？

A 表揚儀式是在領地對抗戰結束之後，所以無論是斐迪南獲得了最優秀者，還是一整年都待在貴族院裡修習複數的課程，其實薇羅妮卡都知道喔。像漢力克與艾克哈特這樣在家裡談論斐迪南的人，也所在多有。只是因為若提起那些讚揚斐迪南的傳聞，薇羅妮卡會很可怕，所以大家在外很少說出口；再加上只要發現一丁點可以貶低斐迪南的地方，薇羅妮卡便會喜不自勝，因此必然地領內對他的評價就越來越糟。

Q 斐迪南知道麗乃過世時幾歲嗎？他雖然知道麗乃有成年人的記憶，但因為尤根施密特與日本的成年年紀不同，我在想他是不是從沒想過麗乃其實比自己大。

A 他並不知道麗乃過世時幾歲，但就算知道了也沒有任何幫助，所以從未想過要問這個問題，況且在「第四部Ⅰ」這時候他就已經比過世時的麗乃要大了，在這之後即便知道，也不會覺得比自己年長。但要是聽到她過世時已經八十歲的話，可能就會很驚訝吧。

Q 羅潔梅茵修完一年級的課時，與已經成年的艾格蘭緹娜相比，誰的魔力量更多呢？

A 那當然是艾格蘭緹娜的魔力量更多。

Q 漢娜蘿蕾在一年級時的表現並不特別突出，那麼她的成績有符合大領地領主候補生的身分嗎？

A 當然還是有符合大領地領主候補生的身分喔。羅潔梅茵為了窩進圖書館，才把目標訂為以最快速度合格，但很快合格並不代表成績也很好。就好比菲里妮雖然被逼著以最快速度通過考試，但其實優蒂特的成績比她更好一樣。只要在最終測驗之前，盡己所能拿到最好的分數就好。

Q 索蘭芝老師的原屬領地是哪裡呢？還有她的侍從卡特琳是下級貴族嗎？兩人都已經結婚了嗎？還是始終單身？

A 索蘭芝的原屬領地是庫拉森博克。卡特琳是下級貴族。兩人都已婚，但配偶皆已不在人世。卡特琳有小孩，索蘭芝沒有。

Q 索蘭芝老師後來是否知道，羅潔梅茵實際上擁有作曲的能力呢？

A 只要職員餐廳裡有夠多的人談論這件事，她自然會得知這項消息。

Q 遭到肅清的「花名在外的公主」，與斐迪南就讀貴族院時請他去彈琴的公主，兩者是同一個人嗎？

A 遭到肅清的公主不只一人，而是好幾個人。這兩位公主對外是姊妹關係，「花名在外的公主」與「邀請斐迪南去彈琴的公主」也不是同一個人。

Q 羅潔梅茵工坊裡的人與孤兒們接受過教育後，灰衣神官的身價都上漲了吧？那麼下級貴族想購買不是貴族的下人時，不會很傷腦筋嗎？

A 大約到五年前為止，前任神殿長為了減輕神殿的負擔，賤價賣掉了不少灰衣神官，所以今後若有下級貴族想購買灰衣神官當下人，確實會很傷腦筋吧。倘若像菲里妮家這樣買不起下人的所有權，往後就只能雇用不是灰衣神官的平民。

Q 梅茵剛成為孤兒院長的時候，大掃除後發現的地下室為什麼釘著木板，把入口徹底封了起來呢？我在想是不是發生過什麼事件，才會封起入口？

A 從前底樓是懷了孕與剛生產的女性，以及受洗前孩子們住的地方。因為擔心孕婦或小孩子會掉下去，才把入口封起來。比起事件，應該說曾是孩童死亡的現場吧。

Q 對貴族來說神殿就好比花街，那麼在羅潔梅茵成為神殿長以後，仍有灰衣巫女在當捧花嗎？

A 以前就會為此來找青衣神官的貴族，現在仍會在提出要求後，借走兼任侍從的灰衣巫女。不過，目前沒人敢向年幼的神殿長和神官長提出這種請求呢。

Q 貴族的單身男性還有其他能發洩的地方嗎？像是把目標轉向自己宅邸裡的平民下人？

A 如果不能去神殿，就只能在自己的宅邸裡設法解決，不然就是等著家中有這種女性的友人邀請自己。

Q 商業公會三樓裡放著的貴族年鑑看來非常昂貴，不曉得定價是多少呢？每年都會發行嗎？在誰的主導下？有哪些內容？比如哪一頁要放誰，感覺就很難做判斷。也能知道貴族的所屬派系嗎？

A 貴族年鑑並沒有發行販售，也就沒有定價。這是為了讓加入商業公會的專屬商人們能夠交換彼此在做生意時得到的情報。舉例來說，如果有貴族為了星結儀式購買了服裝與日常用品，便會在年鑑寫下「誰與誰似乎結婚了」；若有貴族開始籌備洗禮儀式，便會補上誰家添了一個孩子的紀錄。

Q 在平民區時，梅茵他們喝過香草茶，班諾先生喝過顏色不太一樣、看來像是咖啡的東西，但很常舉辦茶會的貴族們都只喝紅茶嗎？

A 並不是紅茶。比較接近花草茶，或類似中國茶那樣……種類非常多樣。

Q 這個世界貴族與平民的平均壽命是幾歲呢？感覺醫學並不發達，但用魔法進行的治癒好像很厲害。可是，繼承人又總是早早就決定好，像前任領主也是相當年輕就去世，感覺整體不太長壽。但前任神殿長也活到變老爺爺了，祖母薇羅妮卡似乎也有一定年紀？

A 貴族的平均壽命是六十三歲，平民是五十歲上下。前任神殿長是因為長期過著有害健康的生活，後果也顯現在外表上，但其實才五十歲左右。

Q 為了懷孕生子，夫婦的魔力量是否相當十分重要，那屬性重要嗎？

A 因為會影響到孩子屬性的種類與強弱，對貴族來說是很重要。

Q 請問樂器有哪幾種呢？目前書中已經出現過飛蘇平琴、笛子與太鼓，還有其他種樂器嗎？

A 笛子其實也分很多種，太鼓也因大小而有差異。另外還有類似鈴鐺的樂器，只不過並不打算對此多做著墨。

Q 「身蝕士兵」曾在書中出現過多次，那貴族是怎麼找到這些年紀能當士兵的身蝕呢？雖然現在才問好像有點晚，但還是很好奇。

A 他們會去購買在神殿出生的身蝕，以及雖然在貴族人家出生，但沒有魔導具的孩子，和不被承認的愛妾孩子。

Q 身蝕如果能適當地釋放魔力，可以活得和平民一樣久嗎？還是說壽命會與魔力量差不多的貴族一樣？

A 如果是以平民的身分生活，就會和平民一樣；以貴族的身分生活，就和貴族一樣。只要能適當地釋放魔力，重點在於個人的營養狀態。

Q 當初梅茵是託給吉兒達婆婆照顧，好像沒有看到伯伯阿姨這類親戚，那伊娃與昆特都是獨生子嗎？

A 其他親戚也都在工作。況且保母也是一份工作，靠著照顧小孩來維持生計。親戚們都住在附近。路茲家雖然稍微有點距離，但其實也算是親戚。

Q 魔力與壽命有關聯嗎？前任領主好像很早就去世了，那如果過度釋放魔力，會對壽命造成什麼影響嗎？

A 魔力與壽命並沒有什麼關係。單純是個體差異。

Q 既然一年有四百二十天，代表有十二個月份，那每個月份有自己的名稱嗎？

A 沒有。但是，如果直接在書裡寫出一月、二月，很容易讓讀者們聯想到現在日本的時間計算方式與四季風貌，所以我都刻意不寫月份。

Q 一年的年度分水嶺落在哪個季節呢？

A 年度分水嶺嗎？好難回答啊。以貴族的生活來看，年度分水嶺就是領主會議。而對平民來說，初春才是一年的開始。此外，貴族院的學年度就是從初冬到隔年秋末。

每次都很突然的
四格卷末漫畫
出差版
輕鬆悠閒的家族日常
作畫 椎名優
公式
設定集
三!
大飽眼福
進入貴族院以後，我再次深深覺得，
貴族大人真的都是俊男美女呢。
啊?!
難不成這就是——
這般養眼的畫面，在前世或在平民區的時候根本難以想像呢。
咦?
啊?
喔?
我現在正置身在都是俊男美女的後宮裡面!!
哇——好像漫畫一樣
這種時候徹底忘了自己也是美少女。

Q版耳朵

安潔莉卡與莉瑟蕾塔是姊妹，長得果然很像呢。
是嗎？
對了，這麼說來，以前曾有人說我長得很像蘇彌魯喔。
說我是小動物……
糟糕！莉瑟蕾塔的眼神完全變了！
太棒了
好可愛喔
好完美
太神奇了
還在腦海裡頭把兔耳朵Q版化。

愛的黑洞

前情提要：愛的傳教士們遇見的新同伴，
高舉
卻是個訴說起愛時彷彿在推廣新興宗教的新人類。愛的戰士們該如何是好？
有什麼關係呢。
每個人要怎麼定義自己喜愛的事物，都是他的自由啊。
那麼對羅潔梅茵大人來說，「書本」是您所深愛的存在呢？
書是宇宙!!
閃亮—
宇宙?!

規模是大霹靂

作者群留言板

香月美夜

終於就連公式設定集的頁數也開始變多了（笑）。因為想收錄進來的東西實在太多了。照這個趨勢，恐怕還有下一集吧。

椎名優

今年《 Fanbook 3 》也推出了，真是可喜可賀。
真希望可以像祭典一樣，變成每年的慣例呢～

鈴華

收錄在這本設定集裡的全新插圖，是我雖然設計好了人物，卻始終找不到機會畫的睿智女神。由我進行改編的漫畫版第二部還請多多指教！

波野涼

初次見面，我是負責第三部漫畫版的波野涼。縱使身分改變了，羅潔梅茵大人依然朝著書本勇往直前。希望大家能看得樂在其中。

皇冠叢書第4909種
mild 903

小書痴的下剋上FANBOOK 3
為了成為圖書管理員不擇手段！

本好きの下剋上
司書になるためには
手段を選んでいられません
ふぁんぶっく3

國家圖書館出版品預行編目資料

小書痴的下剋上FANBOOK. 3：為了成為圖書管理員不擇手段!/香月美夜著；椎名優繪；鈴華, 波野涼漫畫；許金玉譯. -- 初版. -- 臺北市：皇冠文化出版有限公司, 2021.01
面；　公分. -- (皇冠叢書；第4909種)(mild；903)
譯自：本好きの下剋上 司書になるためには手段を選んでいられません, ふぁんぶっく. 3
ISBN 978-957-33-3649-5(平裝)
861.57　　109020129

作者—香月美夜
插畫—椎名優
漫畫—鈴華、波野涼
譯者—許金玉
發行人—平雲
出版發行—皇冠文化出版有限公司
臺北市敦化北路120巷50號
電話—02-27168888　郵撥帳號—15261516號
皇冠出版社（香港）有限公司
香港銅鑼灣道180號百樂商業中心19字樓1903室
電話—2529-1778　傳真—2527-0904
總編輯—許婷婷
責任編輯—陳怡蓁　美術設計—嚴昱琳
著作完成日期—2018年　初版一刷日期—2021年1月

法律顧問—王惠光律師

讀者服務傳真專線—02-27150507　電腦編號—562033
ISBN 978-957-33-3649-5
Printed in Taiwan
本書特價—新台幣249元/港幣83元

「小書痴的下剋上」中文官網 www.crown.com.tw/booklove
「小書痴的下剋上」粉絲專頁 www.facebook.com/booklove.crown
皇冠讀樂網 www.crown.com.tw
皇冠 Facebook www.facebook.com/crownbook
皇冠 Instagram www.instagram.com/crownbook1954/
小王子的編輯夢 crownbook.pixnet.net/blog

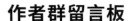